KB179297

오늘을 버텨내는 데
때로 한 문장이면 충분하니까

오늘을 버텨내는 데
때로 한 문장이면 충분하니까

1판 1쇄 발행 2020년 10월 16일
1판 2쇄 발행 2020년 10월 26일

지은이 서메리
발행인 유성권

편집장 양선우
기획 · 책임편집 신혜진 **편집** 윤경선 백주영
해외저작권 정지현 **홍보** 최예름
마케팅 김선우 박희준 김민석 박혜민 김민지
제작 장재균 **물류** 김성훈 고창규

펴낸곳 ㈜이퍼블릭
출판등록 1970년 7월 28일, 제1-170호
주소 서울시 양천구 | 목동서로 211 범문빌딩 (07995)
대표전화 02-2653-5131 | **팩스** 02-2653-2455
메일 tiramisu@epublic.co.kr
인스타그램 instagram.com/tiramisu_thebook
포스트 post.naver.com/tiramisu_thebook

이 도서의 국립중앙도서관 출판예정도서목록(CIP)은 서지정보유통지원시스템 홈페이지(http://seoji.nl.go.kr)와 국가자료공동목록시스템(http://www.nl.go.kr/kolisnet)에서 이용하실 수 있습니다. (CIP2020040693)

오늘을 버텨내는 데
때로 한 문장이면 충분하니까

서메리 지음

티라미수
THE BOOK

| **일러두기** |

* 문장 전체를 옮기지 않고 중간에 생략한 부분은 말줄임표로 표시하였다.
* 영문 작품의 인용문은 저자가 해당 원서를 보고 직접 번역해 실었다. 다만《식사에 대한 생각》에서 따온 말(63)은 '폼절'이라는 표현이 인상적이어서 그렇게 옮긴 김하현 번역가의 문장을 사용했다. (비 윌슨 지음, 김하현 옮김, 어크로스, 2020년, p. 19)
* 영어가 아닌 비영어권 작품의 인용문은 따로 원문을 싣지 않았으며 해당 문장(14, 22, 30, 33, 72, 73)은 영문판을 보고 중역하여 실었다.
* 폴란드, 일본, 한국 작품의 문장(12, 20, 38)은 국내 출판물의 표현을 그대로 따랐다.(《방랑자들》, 올가 토카르추크 지음, 최성은 옮김, 민음사, 2019년, p. 118 |《먼 북소리》, 무라카미 하루키 지음, 윤성원 옮김, 문학사상사, 2004년, p. 15 |《여행의 이유》, 김영하 지음, 문학동네, 2019년, p. 16)
* 작품 제목은 국내 번역 출간된 도서의 제목으로 기재하였다.

Prologue

그 말 덕분에 나를 만났다

"인생의 책을 꼽는다면 어떤 작품인가요?"

책에 대한 이야기를 하는 자리에서 무수히 받았던 질문이다. 독서 강연이나 북클럽 같은 책 관련 행사에 참여하면 질의응답 시간마다 거의 예외 없이 인생 최고의 책을 꼽아달라는 요청이 들어온다.

지난 몇 년 사이에 내가 이 똑같은 질문에 대한 답변으로 언급했던 도서는 대충 세어봐도 열 권이 넘어갈 것이다. 무려 '인생의 책'이라는 묵직한 타이틀을 단 질문에 매번 다른 답을 내놓다니, 어떤 이는 너무 가벼운 태도 아니냐고 힐난할지도 모르겠다. 하지만 여기에는 몇 가지 이유랄까, 내 나름대로의 변명이 있다.

우선 질문 자체는 같더라도 그 행간에 숨어 있는 질문자의 의도가 매번 다르다. 강연이든 북클럽이든 참여자들과 소통하며 한 시간 이상 이야기를 하다 보면 때로 눈앞에 있는 사람의 성격이나 마음이 어렴풋이 와닿을 때가 있다(물론 완전히 깜깜한 상태로 끝날 때도 많다). 어떤 이는 순수한 호기심의 표현으로 내게 인생의 책을 묻는다. 어떤 이는 개인적인 고민에 대한 해답을 얻기 위해 같은 질문을 던진다. 개중에는 아직 멀게만 느껴지는 독서와 친해지고 싶어서, 혹은 본인이 아니라 지인이나 자녀에게 추천할 책을 알고 싶어서 이런 얘기를 꺼내는 사람도 있다.

이 모든 이들에게 단 하나의 답변을 똑같이 들려주는 것은 온당하지 못하다(고 적어도 나는 생각한다). 내가 독심술사는 아닌지라 상대방의 마음을 매번 정확히 헤아릴 수는 없지만, 그래도 앞뒤 이야기나 분위기상 짐작되는 목적이 있을 때는 되도록 도움이 될 만한 책을 골라서 전해주려고 노력하는 편이다. 진로 걱정으로 힘들어하는 분에게는 내가 슬럼프를 겪을 때 의지했던 책을 알려주고, 독서가 어려워서 고민인 분에게는 최근에 읽었던 책 중에 가장 쉽고 재미있었던 책을 추천해주는 식이다.

하지만 매번 달라지는 대답의 바탕에 이렇게 배려 넘치는 이유만 존재하는 것은 아니다. 질문자의 의도가 읽히는지 마는지 여부와 관계없이, 내가 '인생의 책'으로 그토록 다양한 책을 꼽아온 데는 또 다른 중요한 까닭이 있다. 내 인생의 책은, 내 삶을 지탱해주고 내게 세상을 바라보는 새로운 시선을 안겨준 책은, 실제로 한 권이 아니기 때문이다.

나는 늘 변해왔고, 지금도 변하고 있다. 시간을 겪고, 나이를 먹고, 몸도 마음도 과거와는 다른 방향으로 조금씩 움직인다. 인생이 이렇게 변하는데 인생의 책이 어떻게 딱 한 권에 머무를 수 있을까. 지금의 나는 글밥을 먹으며 다이내믹한 프리랜서 생활을 하고 있지만, 한때는 안정적이면서도 단조로운 직장인의 삶에 완전히 젖어 살았다. 그보다 더 전에는 꿈과 현실 사이를 방황하던 청년기를 보냈고, 막연한 기대와 불안을 동시에 품고 어른이 되기를 기다리던 학창시절 또한 겪었다.

그 모든 순간에는 언제나 알게 모르게 나를 이끌어준 책들이 있었다. 변화의 열쇠는 문장이라는 모습으로 표지 사이에 가만히 숨어 있다가,

어느 날 무심코 펼쳐든 페이지를 뚫고 튀어나와 꽁꽁 잠겨 있던 마음의 자물쇠를 열어젖혔다. 어떤 열쇠는 만나자마자 엄청난 충격과 함께 인생을 뒤바꿀 결심을 가져왔고, 어떤 열쇠는 정작 마주쳤을 때는 별 느낌 없이 지나쳤지만 어느 힘든 순간에 갑자기 떠올라 무너지던 나를 붙잡아주었다.

불확실한 미래가 두려워 그 어떤 도전도 선뜻 할 수 없었던 백수 시절의 내 앞에서, 화성에 홀로 조난된《마션》의 마크 와트니는 마치 들으라는 듯이 외쳤다. "일단 가보자." 프리랜서가 된 뒤 앞만 보고 달리다가 한순간 깊은 번아웃에 잠식당했을 때, 문득 떠오른《가든 파티》콘스탄티아의 대사는 내가 당장 취해야 할 조치를 분명히 알려주었다. "왜 약해지면 안 돼? 때로는 강해지는 것보다 약해지는 게 훨씬 멋지다고!"

와트니는 나를 독립출판이라는 모험의 세계로 떠밀었고, 콘스탄티아는 지쳐 쓰러지기 일보 직전이던 나를 멈춰 세웠다. 마음을 움직이는 열쇠의 힘은 상황에 따라 완전히 다른 변화를 가져왔지만, 몇 번의 감사한 경험 끝에 나는 그 변화들이 결국 같은 방향으로 나아간다는 사실을 깨닫게 되었다. 말의 열쇠가 열어주는 문들을 하나씩 열고 나갈 때마다, 나는 어제보다 조금 더 **나다운 나**를 만날 수 있었다.

그런 이유로, 내 인생의 책은 한 권이 아니다. 그 소중한 책들 속에 살포시 숨겨진 열쇠를 살뜰히 모아 엮었다. 선한 힘을 지닌 다정한 말들이 당신의 하루를 어루만져주길, 저도 모르게 닫혀 있던 마음의 문을 한 꺼풀 열어주길, 그래서 이 길목의 다음 모퉁이에서 당신을 기다리고 있을 '나다운 나'를 조금이라도 더 일찍 만날 수 있게 해주길, 이 열쇠 꾸러미의 엮은이로서 온 마음을 다해 기원한다.

Contents

1장

꼭 이 길이 아니어도 괜찮아

01

루이스 캐럴
《이상한 나라의 앨리스》

앨리스는 왜 빨리 달려야 하는지
이해할 수 없었다.

"Faster! Don't talk!"
Not that Alice had any idea of doing that.

지난 토요일, 집순이인 나로서는 드물게 점심, 저녁 약속이 모두 잡혔다. 서울에 놀러 온 고등학교 동창과 명동에서 점심을 먹고, 저녁에는 대학 친구들과 여의도에서 식사하는 일정이었다. 동창이 꼭 먹고 싶다던 돈가스를 배불리 먹고 카페에서 한참 수다를 떨었는데도, 기차 시간에 맞춰 친구를 배웅하고 나니 다음 약속까지 시간이 꽤 남았다. 백화점 구경이라도 하며 시간을 때울까 고민하던 찰나, 문득 '여기서 여의도까지 걸어가면 얼마나 걸리지?'라는 생각이 떠올랐다.

스마트폰이라는 문명의 이기 덕분에 나처럼 방향 감각이 부실한 사람도 (조금만 헤매면) 길을 찾을 수 있는 세상이 열렸다. 지도 앱으로 확인하니 명동에서 여의도까지는 도보로 약 두 시간이 걸렸다. 딱히 할 일도 없던 나는 무작정 화면에 뜬 화살표를 보며 걷기 시작했다.

출발할 땐 몰랐지만, 지도에 안내된 경로는 남산을 둘러 후암동을 거치는 길이었다. 어느새 많이 따뜻해진 봄바람을 맞으며 완만한 가로수길을 걷고, 그 끝에 이어진 아기자기한 골목길로 들어서니, 생각지도 못하게 낯선 도시로 여행 온 기분이 들었다. 구불구불 이어진 야트막한 벽돌담과 주민들의 단골집일 쌀가게, 전봇대에 붙은 '동네 바자회' 포스터. 유명 관광지도 아니고 SNS 맛집도 없는, 그날 문득 걷기로 결심하지 않았다면 아마도 평생 가보지 않았을 그 소박한 골목은 묘한 편안함으로 내 마음을 간지럽혔다.

전철을 탔으면 30분 만에 갔을 거리를 두 시간에 걸쳐 간다는 건 지극히 비효율적인 선택이다. 하지만 그사이 내 눈에 새겨진 것은 서울에서 보낸 10여 년 세월 중 가장 아름다운 풍경이었다. 간만의 운동으로 소화를 시켜서였을까, 그날 먹은 저녁밥은 평소보다 몇 배쯤 맛있었다. 느긋한 도보 여행으로 마음을 채워서였을까, 이번에 과장으로 승진했다는 친구들의 이야기를 들어도 평소처럼 초조한 기분이 들지 않았다.

02

J.D. 샐린저 《호밀밭의 파수꾼》

미친 짓이란 건 알고 있지만
그러는 게 내 유일한 바람이야.

I know it's crazy,
but that's the only thing
I'd really like to be.

이름 뒤에 붙는 글자로 직업을 분류하는 기준은 정확히 언제 생겨난 걸까? 우리말은 수많은 일자리를 '사'와 '가', '원' 따위의 접미사로 묶어서 구분한다. 각 그룹에 속한 직업은 서로 완전히 다른 것 같으면서도 눈에 띄는 공통점을 지니고 있다. 의사와 판사, 회계사가 하는 일은 하늘과 땅 차이지만, 하나같이 특정한 자격시험이 요구되는 이성적이고 전문적인 직군이다. 화가와 작가, 음악가를 비롯한 '가' 자 직업 종사자는 대부분 뭔가를 창조하거나 보여주는 감성적인 일을 한다. 회사원과 공무원을 포함한 '원' 자 돌림은 보통 정해진 급여의 대가로 안정적인 노동력을 제공하는 근로자를 통칭한다.

하지만 온갖 복잡다단하고 미묘한 특징을 떠나서, 이 모든 직업군은 '돈'이라는 하나의 강력한 기준으로 구분할 수 있다. '사' 자 직업은 일반적으로 돈을 잘 번다(수입이 살짝 떨어지더라도 그에 상응하는 명예나 혜택을 거머쥔다). '원' 자 직업은 상대적으로 무난한 수입과 평탄한 생활을 기대할 수 있다. 반면 '가' 자 직업은 일부 예외를 제외하곤 돈을 거의 만지지 못한다.

체통을 중시하던 우리 조상들이 돈이라는 세속적인 잣대로 직업을 분류하진 않았을진대, 희한하게도 지나고 보니 이렇게 딱 맞아떨어지는 결과가 나왔다. 이유야 어찌 됐든 머니가 제일 중요한 현대사회에서는 자연히 직업 선호도 또한 사 → 원 → 가 순으로 형성된다. 아니, 솔직히 말하자면 당사자는 수입만을 직업 선택의 기준으로 삼지 않을 것이다. 하지만 '부모들의 자녀 직업 선호도'는 예외 없이 수입 내림차순으로 정렬된다. 자식이 변호사 시험을 준비하면 도시락 싸 들고 다니며 치성을 드리지만, 음악가가 되겠다고 설치면 도시락 싸 들고 말리는 것이 인지상정이다.

지금 와서 돌이켜보면, 살면서 내가 바랐던 것은 언제나 '가'였다. 머릿속에 떠다니는 아이디어를 살짝 잡아서 종이 위에 가지런히 펼쳐내는 그런 일들. 모든 청춘이 그렇듯 내 꿈은 수시로 바뀌었지만, 막연한 공상 속 미래의 나는 언제나 같은 글자로 끝나는 일을 하고 있었다. 헤밍웨이의 《노인과 바다》를 읽고 감동에 몸을 떨었던 직후에는 소설가를 꿈꿨고, 피천득의 〈인연〉 속 진주알 같은 문장을 영접한 다음에는 수필가를 꿈꿨다. 고등학생 무렵 《슬램덩크》를 보고 만화가를 흉내 내며 교과서 귀퉁이마다 낙서를 끄적인 적도 있다.

그러나 그 꿈에 진짜로 도전할 수 있다는 생각은 한 적 없었다. 내 장래를 대하는 우리 집의 분위기는 대한민국 여느 가정과 크게 다르지 않았다. 어른들은 유난히 책을 사랑하고 엉뚱한 상상을 즐겨 하던 나를 기특해하면서도, 좋아하는 일과 직업 사이에는 분명한 선을 그었다. '사'면 좋고, '원'도 나쁘지 않지만, '가'는 결코 직업이 될 수 없었다. 나는 '가'들이 하는 일은 취미의 영역에 남아야 한다고 배우며 자랐고, 정말 그래야 하는 줄로만 알았다. 글을 쓰는 변호사나 그림을 그리는 회사원이 되는 건 괜찮지만, 글이나 그림을 순수한 직업으로 삼는 건 정신 나간 짓이라고 귀에 못이 박히도록 들었다. 한때 내 세상의 전부였던 그 좁은 울타리 안에서, '가'가 된다는 것은 스스로 굶어 죽을 길로 뛰어드는 행위를 뜻했다.

그렇게 자라난 내가 끝내 온갖 '가'의 집합체가 되어 살아가고 있다는 것은 참으로 재미난 역설이 아닐 수 없다. 이렇게 생계형 글쟁이 겸 그림쟁이가 되어서 작가로 지내도 최소한 굶어 죽지는 않는다는 사실을 몸소 증명할 수 있어서 기쁘다. 수십 년간 들었던 온갖 괴담(?) 때문에 잔뜩 겁을 집어먹고서 조심스레 한 발 들여놓은 다음에야, 나는 이 바닥에도 소소하게 먹고살 길이 많다는 사실을 알았다.

그 긴 세월 내 시야를 가로막았던 어른들의 속박에 나를 향한 사랑이 담겨 있었다는 것을 안다. 하지만 그 안에는 분명 겪어보지 못한 미지의 세계에 대한 근거 없는 두려움도 있었다. 우여곡절 끝에 그 세계에 직접 뛰어든 사람으로서, 지금도 어딘가에서 주변의 반대를 무릅쓰고 있을 '가' 꿈나무들에게 조금이나마 현실에 가까운 이야기를 들려주고 싶다.

이 길은 배고픈 길이 맞습니다. 작가라고 글만 쓰면, 화가라고 그림만 그리면 진짜로 굶어 죽을 수도 있어요. 하지만 포커스를 생계에 맞추고 부지런히 일감을 받으면 그럭저럭 풀칠은 할 수 있답니다. 그리고 제가 겪어보니까, 간절히 바란다면 아무리 뜯어말려도 결국 이 길로 돌아올 수밖에 없더라고요.

03

윌리엄 포크너
〈에밀리에게 바치는 한 송이 장미〉

그때 우리는
그녀가 미쳤다고 말하지 않았다.
그녀가 그 일을 해야만 했다고 믿었다.

We did not say she was crazy then.
We believed she had to do that.

"스르륵 잠이 든다는 건 어떤 느낌이야?" 스무 살 때 함께 자취하던 룸메이트 언니에게 이렇게 물은 적이 있다. "어, 글쎄… 그냥 머리가 멍해지다가… 빙글 빙글 돌다가… 어딘가로 쑥 빨려 들어가는 느낌?" 다감하면서 성실한 모범생 타입이었던 언니는 최선을 다해 '스르륵'이라는 밑도 끝도 없는 느낌을 설명해주려 애썼다. 알 것 같기도, 모를 것 같기도 했다. 나는 그때까지 스르륵(혹은 사르르, 살며시, 슬그머니) 잠든 경험이 없었기 때문이다.

잠은 내 평생의 숙제였다. 흔히 '불면증'이라고 하면 스트레스나 트라우마처럼 명확한 원인 때문에 겪는 일시적 증상을 떠올리지만, 나는 살면서 잘 시간이 되어 자연스레 잠 속으로 빠져든 기억이 거의 없다. 드문드문 기억의 파편이 남아 있는 유치원 무렵부터 나는 이미 불면증을 앓고 있었다. 물론 그때는 내가 겪는 현상이 특정한 질환일 수 있다는 생각을 해본 적 없고 할 수도 없었지만, 엄마나 할머니가 '잘 시간이 되었다'며 불을 끄고 이불을 덮어준 뒤 동화가 녹음된 테이프를 틀어줘도 보통은 테이프가 끝까지 돌아가도록 온갖 생각만 떠오를 뿐 잠이 오지 않았다.

내게 잠이란 시간에 맞춰 침대에 들어간 뒤 몇 시간을 뒤척이다가 그 뒤척임에 지쳐 곯아떨어지는 고되고 지루한 과정이었다. 몸이 아무리 피곤해도, 심지어 일이나 공부 때문에 며칠 동안 수면이 부족한 상태라도 밤이 되면 멍하기만 할 뿐 잠이 오지 않았다. 평소보다 긴장하거나 예민한 날이면 하늘이 밝아올 때까지 뜬눈으로 밤을 지새웠고, 그나마 심신이 평온한 날이면 두 시간쯤 뒤척이다 잠이 들었다. 수능시험은 아예 밤을 샌 뒤 들어가서 쳤다(덕분에 마지막 과목인 사회탐구영역을 풀다가 정신을 잃은 듯 졸아버리는 기염을 토하기도 했다. 감독 선생님이 깨워주지 않았다면 아마 대학도 못 갔을 것이다). 스트레스가 극에 달했던 퇴사 직전에는 새벽 5시, 6시까지도 잠들지 못하는 날이 흔했다.

불면은 내게 날 때부터 함께한, 너무나 익숙한 증상이었기에 다른 사람들이 나와 다른 삶을 살고 있다는 사실을 인지하기까지도 아주 오랜 시간이 걸렸다. 대학교 1학년 때 룸메이트로 지냈던 같은 과 언니가 이른바 '머리만 대면 잠드는 사람'이 아니었다면 아마 깨달음의 시기는 더 늦어졌을 것이다. 책을 읽다가도, TV를 보다가도, B언니는 밤 11시가 넘으면 "이제 슬슬 자야겠다" 하며 침대에 들어갔다. 그러고는 곧바로 잠이 들었다! 곁에서 그 모습을 지켜본 내가 얼마나 큰 충격과 경외감을 느꼈는지 언니는 지금도 모를 것이다.

그 사건(?)을 계기로 나는 주변 사람들에게 수면 패턴을 물어보기 시작했다. 놀랍게도 나와 같은 만성적 수면장애를 지닌 이는 아무도 없었다. 인터넷을 찾아보니 30분 이상 잠들지 못하는 상태가 한 달 이상 지속되면 불면증으로 분류된다는 설명이 나왔다. 그럼 180분 이상 잠들지 못하는 상태가 20년 이상 지속된 나는?

초조한 마음에 불면증을 치료해준다는 각종 민간요법을 시도해봤지만 특별한 효험은 없었다. 양 숫자를 세는 클래식한 방법도, 흰 화면과 까만 점을 떠올린 뒤 점을 집중해서 바라보라는 뉴에이지 스타일 셀프 최면 요법도, 《생각 버리기 연습》 따위의 베스트셀러 서적도 도움이 되지 않았다.

만성 불면증은 당연히 만성 수면부족을 초래한다. 특히 대다수의 생활패턴이 낮 시간대 활동에 맞춰져 있는 사회에서라면 더욱 그렇다. 꼬마 시절부터 유치원 버스 시간에 맞춰 일어나는 게 세상에서 제일 힘들었던 나는 학창시절 내내 잠만보, 끄덕이, 슬리퍼(Sleeper)를 비롯해 졸음과 관련된 온갖 별명을 독차지하며 수업시간마다 조는 학생으로

교내에 이름을 떨쳤다. 학생 때는 그나마 좀 수라도 있었지, 월급 받으며 일하는 직장인이 되고부터는 카페인으로 낮 시간을 버티고 밤이면 알코올로 수면 스위치를 강제 활성화하는 비정상적 생활을 근근이 이어나갔다.

그런데 회사를 그만두고 프리랜서 생활을 시작하면서, 특히 뭔가를 창작하는 콘텐츠 프리랜서의 영역에 진입하면서 내 수면 패턴은 뜻하지 않게 새로운 국면을 맞게 되었다. 일단 증상에 대한 정의가 달라졌다. 불면증, 수면장애, 입면장애를 비롯해 언제나 특정한 병이나 질환을 연상시키는 용어로 불리던 그 증상이 어느 순간부터 '야행성'이라는 평범한 이름으로 불리기 시작했다.

원고 계약은 납기에 맞춰 완성된 원고를 보내주기만 하면 그만이다. 작업을 대낮에 하든 밤중에 하든 누구도 신경 쓰지 않는다. 새벽에 일했다고 말하면 "야행성이시군요?"라는 대답이 자연스럽게 나오는 분위기 속에서, 나 또한 점점 잠드는 시간을 신경 쓰지 않게 되었다. 일감을 따내는 데 혈안이 되어 있던 프리 생활 초반에는 클라이언트의 업무 시간에 맞춰 '나인 투 식스' 패턴을 고수하기도 했지만, 그 시절조차 오전 9시에 깨어 있기만 하면 그만이지 딱히 화장이나 출근을 할 필요가 없으므로 회사나 학교에 다닐 때처럼 억지로 일찍 잠들고 일어날 필요는 없었다.

그사이 놀라운 일이 일어났다. 일관된 수면 패턴을 찾아서 유지하려고 발버둥 치던 세월이 무색하게도, 규칙을 포기하자 오히려 생각지도 못했던 패턴이 눈에 들어왔다. 나는 밤이 걷히고 해가 뜨기 직전의 시간, 짙은 감색의 하늘이 흰 물감을 탄 것처럼 열어지기 시작하는 여명 무렵에 가장 편안하게 잠이 온다. 이유는 모르겠다. 그냥 사실이 그렇다. 하루 중 가장 정신이 맑은(작업이 잘되는) 시간은 해가 쨍하니 떠 있는 오후 1시 전후이고, 컴컴한 밤중에는 긴장이 풀려서 섬세한 작업은 되지 않지만 아이디어가 잘 떠오른다.

그렇다고 해서 내가 새벽 5시에 칼같이 잠드는 바른생활 올빼미 생활을 시작했다는 것은 아니다. 잠은 여전히 가장 큰 숙제고, 요즘도 상념이 많은 시기에는 몸은 피곤한데 잠이 들지 않아 곤란한 날이 종종 있다. 하지만 불면으로 인한 스트레스는 규칙적인 시간표를 강요받던 예전과 비교할 수 없을 정도로 줄었다. 잠이 오지 않으면 잠을 자지 않아도 된다는 것. 이 단순한 권리는 잠과 수십 년간 사투를 벌이던 내게 광복에 버금가는 해방감을 가져다주었다.

수면과 관련해서 요즘 내가 가장 신경 쓰는 부분은 '어떻게 잠이 들까'가 아니라 '잠들기 전까지의 시간을 어떻게 편안히 보낼까'이다. 오늘은 잠이 오지 않을 것 같다는 만성 불면증 특유의 촉이 오면 아무 생각 없이 편안하게 읽을 수 있는 책을 꺼내들거나 와인, 향초, 잔잔한 옛날 영화를 세팅하며 나만의 힐링 타임을 준비한다. 다른 이들은 꿈나라에서 쉬고, 나는 현실 세계에서 쉰다. 그러면 된 것 아닐까.

영문과를 졸업하고 평범한 취직 루트를 밟았던 나는 시간을 비교적 자유롭게 조정할 수 있는 프리랜서의 길로 방향을 틀었고, 덕분에 야행성이라는 본질을 받아들일 수 있게 되었다. 퇴사 결심을 공개했을 때 제정신이냐고 묻던 많은 이들도 지금의 내 생활을 들으면 고개를 끄덕인다. "신기하다. 누구나 자기에게 맞는 길이 있나 봐." 요즘 듣는 가장 일반적인 반응이다.

신입생 시절을 함께했던 수면의 지배자 B언니는 현재 외교관이 되어 전 세계를 누비고 있다. 그녀가 시차를 가볍게 비웃으며 서울과 파리에서, 베이징과 런던에서 머리만 대면 잠드는 모습을 나는 쉽게 상상할 수 있다. 각국의 시간대를 발아래 두는 B언니의 삶은 너무나 멋있고 부럽지만, 내게는 지금의 삶이 더 어울리는 것 같다. 정말로, 누구에게나 자기에게 맞는 길이 있나 보다.

04

C.S. 루이스
《은의자》

하지만 언젠가는
눈물을 그치고 결단을 내려야 해.

But you have to stop sooner or later,
and then you still have to decide
what to do.

인문계 대학을 졸업하고 쭉 사무직으로 일했던 나는 프리랜서 생활을 시작한 뒤 비슷한 일을 하는 친구가 없어서 외로울 때가 많았다. 예술을 전공하거나 어린 나이부터 창작을 해온 덕에 업계 동료가 많은 프리랜서들은 언제나 부러움의 대상이었다. 그들끼리 자연스레 협업을 하거나 일과 관련해 교감을 나누는 모습이 내 눈에는 그렇게 멋져 보일 수 없었다.

로망을 품고 있던 나는 이쪽 분야에 도전하고 싶다며 이런저런 질문을 해오는 지인들에게 늘 열과 성을 다해 정보와 조언을 줬다. 어떻게 공부를 했는지, 어떻게 일감을 받았는지, 평소에 어떤 도구를 사용하고 어떤 식으로 아이디어를 얻는지…. 딱히 착한 사람이어서라기보다, 내게도 언젠가 맥주 한잔하며 업무 고민을 나눌 업계 친구가 생겼으면 좋겠다는 소박한 희망 때문이었다.

하지만 안타깝게도 지금껏 이 바람이 이뤄진 경우는 거의 없다. 꿈을 향한 열정에 부풀었던 이들도, 한 걸음 나아가 구체적인 계획까지 세웠던 이들도, 하나같이 실행 직전의 망설임을 극복하지 못하고 원래의 자리로 돌아갔다. 생계와 안정의 무게를 누구보다 잘 알기에 그들의 선택을 쉽게 평가할 수는 없지만, 기대가 무산되었다는 개인적인 낙담과 더불어 내게 도움을 청하기까지 그들이 했을 무수한 고민을 생각하면 그 꿈이 딱 한 걸음을 앞두고 실현되지 못했다는 사실은 늘 아쉬움으로 남는다.

아는 것을 아는 대로 말해주는 것. 어떤 길을 먼저 걸어본 사람이 해줄 수 있는 일은 딱 여기까지다. 마지막 결단만큼은 그 누구도 대신 내려줄 수 없다. 그 분명한 선을 넘지 않으려고 노력하면서도, 나는 조언을 해달라는 청을 받을 때마다 부디 이번에는 상대방이 내 로망을 현실로 만들어줄 귀인이길 은근히 바라고 있다.

05

오스카 와일드
《도리언 그레이의 초상》

규정한다는 건
한계를 정한다는 거야.

To define is to limit.

몇 년 전 엄마와 일본 여행을 떠났다가 앓아누웠다. 난생처음 자유여행을 해보는 엄마에게 최고의 추억을 선물해주겠다며 일정 내내 무리하다가 결국 여행이 끝나기도 전에 혼자 몸살이 나버린 것이다.

나 때문에 아직 체력 짱짱한 엄마가 숙소에서 시간을 낭비한다고 생각하니 너무 미안했다. 호텔 방에 있어봤자 나는 누워서 쉬거나 자는 게 최선이고, 엄마는 알아듣지도 못하는 TV 화면을 멍하니 쳐다보는 것 외에 할 일이 없었다. 친구와 함께였다면 나는 쉬고 있을 테니 너는 나가서 놀다 오라고 할 텐데, 길도 모르고 말도 안 통하는 엄마를 혼자 내보내는 건 말이 안 된다고 생각했다. 그때였다. 아픔과 미안함에 전전긍긍하는 나를 바라보던 엄마가 결심한 표정으로 입을 열었다. "메리야, 좀 쉬고 있을래? 엄마는 잠깐 나갔다 올게."

잠깐의 입씨름 끝에 엄마는 만 엔을 챙겨 들고 숙소를 나섰다. 한두 시간쯤 지났을까, 씩씩하게 문을 열고 들어온 엄마의 손에는 일본어가 선명히 찍힌 음식점 봉투가 들려 있었다. "어차피 오늘 가려고 했던 식당은 못 가겠지? 동네 구경 좀 하다가 적당히 먹을 것 좀 사 왔어."

나는 어째서 엄마가 혼자 여행을 즐길 수 없다고 생각했을까. 외국어를 못해서? 자유여행 경험이 없는 중년 여성이라서? 하지만 그 모든 이유가 무색하게도, 엄마는 누구의 도움도 없이 외국 땅을 누비고 체력 관리에 실패한 삼류 가이드에게 밥까지 챙겨 먹였다.

엄마의 활약 덕분에 모녀의 첫 여행은 훈훈하게 끝을 맺었다. 그 이후 내 일이 점점 바빠지면서 아직 두 번째 여행은 떠나지 못했지만, 그날의 기억은 바람 잘 날 없는 프리랜서의 일상에 크고 작은 도전이 찾아올 때마다 작은 용기를 준다.

내가 이 일을 못 해낼 이유가 뭐야? 방법을 몰라서? 경험이 없어서? 50대인 엄마는 말 한마디 안 통하는 땅에서 초밥도 샀다고!

06

메리 파이퍼
《나는 내 나이가 참 좋다》

아마도 최선의 선택은 있는 그대로의 나 자신을 받아들이는 것이리라.

Perhaps it was best
to accept who I am.

강연은 고마운 일감이다. 독자는 저자가 궁금해서 강연장을 찾겠지만, 사실 독자가 궁금하기는 저자도 마찬가지다. 내 이야기를 들으러 와준 분들에게 경험과 생각을 전할 수 있다니 과분하다 못해 황송하다. 게다가 행사에 따라 다르지만 강연은 대개 보수도 나쁘지 않고, 입금도 빨리 된다. 한참 남은 인세 정산일을 기다리며 손가락을 빨지 않고 든든한 마음으로 글쓰기에 집중할 수 있도록 해준다.

하지만 강연장은 '끼 없는' 내 단면이 그대로 드러나는 곳이기도 하다. 나는 버튼만 누르면 대사가 쏟아지는 달변가도 아니고, 애드리브로 청중을 좌지우지하는 무대 체질도 못 된다. 얼마 전에는 다른 분들과 강연을 공동으로 진행했었는데 대기실에서 달달 외운 스크립트를 중얼거리는 사람은 나밖에 없다는 사실을 깨닫고 민망했던 적도 있다.

차림 또한 마찬가지다. 창작을 하는 프리랜서들은 보통 각 잡힌 정장 대신 편안한 복장으로 강연을 한다. 자신의 성향과 작품 세계에 맞는 의상으로 자기를 표현하는 것이다. 하지만 딱딱한 법률회사의 물이 덜 빠진 나는 그런 프리한 패션이 아직 어색하다. 칼 정장과 청바지 사이에서 고민하다가 '비즈니스 캐주얼' 선에서 적당히 합의를 보는 게 지금 나의 최선이다.

가끔은 애매한 내 정체성이 불안하다. 직장인이라기엔 너무 헐렁하고, 프리랜서라기엔 너무 경직된 것만 같다. 하지만 분명한 것은 이게 바로 지금의 나라는 사실이다. 정장과 청바지 사이의 어디쯤에 위치한 사람, 이 애매한 장소에서 길을 찾으려 애쓰는 존재. 그런 내 이야기를 들어주고, 웃어주고, 이제는 얼굴이 익어 반갑게 인사를 나눌 정도로 반복해서 강연장을 찾아주는 독자들을 떠올릴 때마다, 이 불완전한 모습에도 어떤 가치가 있으리란 믿음을 새삼 다진다.

07

알렉스 허친슨
《인듀어》

장거리 선수라면 누구나
논리적으로 설명할 수 없는 경기를
한 적이 있을 것이다.

All distance runners have races that,
in retrospect, make no sense.

나는 기본적으로 운동신경이 없다. 지구력도 민첩성도 없다. 멀쩡히 걷다가도 혼자 넘어지고, 몇 년 전에는 호기롭게 자전거를 배운다고 나섰다가 한 시간도 안 되어 교통사고를 내고선 즉시 단념했다. 아니, 사실 '사고'라는 거창한 이름을 붙이기도 민망하다. 시속 1킬로 정도로 직진하다가 정차돼 있던 흰색 소나타의 뒤 범퍼에 톡 부딪쳐 쓰러졌는데, 속도가 너무 느린 나머지 차에도 자전거에도 흠집 하나 나지 않고 내 팔꿈치만 까졌다. 차에서 내린 일가족은 범퍼 쪽은 쳐다보지도 않고 바닥에 널브러진 내 걱정만 했고, 저만치서 달려온 일일 강사(사촌동생)는 나를 부축해 일으키며 빠른 진단을 내렸다. "누나는 아닌 것 같아. 그냥 포기해."

하지만 아이러니하게도, 지금껏 번역가로서 만난 책 가운데 가장 큰 공감을 느끼며 작업했던 작품은 지구력 종목 운동선수들의 도전을 다룬 논픽션《인듀어》였다. 신기록을 위해 혹독하게 훈련하는 올림픽 대표단부터 세계에서 가장 높은 봉우리를 오르는 전문 산악인, 총 거리가 1,600킬로에 이르는 '울트라 마라톤'에 도전한 철인까지, 이 책에 등장하는 수많은 인물 중에 운동선수가 아닌 이는 없다. 심지어 저자인 알렉스 허친슨은 저널리스트이자 캐나다 국가대표 선발전까지 출전한 프로급 마라톤 선수이고, 서문과 추천사를 써준 작가 말콤 글래드웰 또한 수십 년 경력의 아마추어 마라토너다.

타고난 신체 조건부터 나와는 전혀 다른 사람들의 이야기를 옮기면서 공감을 느꼈다는 말이 이상하게 들릴지도 모르겠다. 하지만 사실이다. 온갖 시행착오를 겪어가며 짧게는 수십 킬로, 길게는 수천 킬로 너머의 목표를 향해 달리는 장거리 선수들의 모습에서 희한하게도 운동과는 영 거리가 먼 내 삶의 여정이 연상됐다. 그들이 넘어질 때면 애써

포트폴리오를 준비했는데 거절당해서 엉엉 울었던 번역가 지망생 시절의 내가 떠올랐고, 누군가 경기를 완주했을 땐 전화로 첫 작업 의뢰를 받고 기쁨과 놀라움에 털썩 주저앉았던 감동의 순간이 떠올랐다. 장거리 선수라면 누구나 설명할 수 없는 경기를 경험한다며 뜻밖의 선물처럼 찾아온 기록 단축의 순간을 묘사하던 대목에서는 프리랜서를 꿈꾸며 버티던 내게 찾아왔던 신기한 우연의 순간이 빨리 감기로 돌린 필름처럼 머리를 스쳐 지나갔다.

《인듀어》는 내가 '옮긴이'로 이름을 올린 네 번째 역서고, 바로 전 작품을 끝낸 뒤 공백 없이 이어서 받은 첫 번째 일감이었다. 다시 말해서, 이 원고를 번역하던 즈음 나는 회사를 나온 지 거의 3년 만에(공부에 투자한 기간을 제외해도 거의 2년의 백수기를 겪고) 프리랜서 출판 번역가로서 겨우 자리를 잡아가고 있었다. 시간이 걸릴 줄은 알았지만 이렇게 오래 걸릴 줄은 몰랐다. 그사이 겪은 온갖 우여곡절의 상당수는 퇴사를 결심할 무렵에는 상상도 못 한 것들이었다. 서럽고 억울한 일도 많았지만, 더러는 예기치 못한 행운도 찾아왔다.

직장생활을 하며 모아놓은 돈이 슬슬 바닥을 보일 때쯤 파트타임 기회가 생겼고, 이력서만 넣어뒀던 출판번역 에이전시에 특수한 공동 번역 의뢰가 들어오면서 경력 하나 없는 내게 첫 일감이 굴러 들어오기도 했다. 턱없이 부족한 예산으로 작가를 구해야 했던 친구 회사의 사정 덕에 프로라기엔 한참 부족한 실력으로 사내 웹툰을 연재한 적도 있다. 기약 없이 고달프던 시기에 간간이 마주친 이 감사한 우연들은 장거리 경주의 갈증 속에서 만난 한 모금의 이온음료처럼 막막함 가운데 실낱같은 희망을 주었고, 덕분에 나는 몇 번씩 찾아온 포기의 유혹을 물리치고 나만의 도전을 이어갈 수 있었다.

이런 일화를 단편적으로 전해 들은 몇몇은 이렇게 말한다. 너는 운이 좋았다고. 실력이 아니라 운이 좋아서, 노력이 아니라 요행 덕분에 프리랜서로 자리를 잡은 거라고. 글쎄, 내 여정에 운과 요행이 맞아떨어진 순간이 있었다는 사실을 부정할 마음은 없다. 하지만 마라톤 논픽션 《인듀어》의 단호한 첫 문장처럼, 장거리 선수라면 누구나 논리적으로 설명할 수 없는 경기를 몇 번쯤 경험한다. 나는 이 문장에 이런 의미가 숨어 있다고 생각한다. 논리적으로 설명할 수 없는 행운을 경험하려면 일단 장거리를 뛰어야 한다고.

이 책의 등장인물 중에 풀 마라톤을 두 시간 안에 주파하는 일명 '서브 2'에 도전했다가 아깝게 실패한 선수가 있다. 오랜 시간과 노력을 쏟아부었지만 저자가 원고를 쓰던 시점에 그가 맛본 결과는 이견의 여지 없는 실패였다. 하지만 그 원고가 책이 되어 나온 지 2년 만에, 그는 멈추지 않는 도전으로 결국 42.195킬로를 한 시간 59분 40초로 완주해냈다. 인류 역사상 최초로 두 시간의 벽을 깬 선수가 된 것이다. 그의 성공을 대서특필한 기사에 이런 댓글이 달린 것을 보았다. '대기업 스폰서와 첨단 기술의 지원을 받아 운 좋게 성공한 케이스에 불과하다.' 어떤 면에서는 분명 날카로운 지적이다. 하지만 그의 운 뒤에 불안을 참고 묵묵히 달려온 길고 긴 거리가 있었다는 것, 나는 이 사실에도 분명히 주목할 가치가 있다고 생각한다.

08

마거릿 애트우드
《시녀 이야기》

발전이
모든 사람에게 좋은 소식은 아니야,
(···) 누군가에겐 늘 나쁜 소식이지.

Better never means better for everyone,
(…) It always means worse, for some.

4차 산업혁명이 대체 뭐길래. 조금 오버해서 얘기하자면 요즘 의뢰받는 번역 기사 세 건 중 한 건은 4차 산업혁명(자매품: 로봇, 인공지능, 머신러닝 등) 관련 내용이다. 그리고 그중 상당수는 이미 막을 수 없는 물결이 된 네 번째 혁명이 가련한 인간의 일자리에 미칠 영향을 이런저런 각도에서 예측한다.

딱히 신기해할 일은 아니다. 역사 속에서 기술 발전에 따라 일자리의 지형도가 변한 경우야 얼마든지 있었지만, 인공지능만큼 다양한 직업을 뿌리부터 뒤흔들 결정적인 변수는 없었으니까. 그 와중에 나 같은 콘텐츠 프리랜서들이 인공지능 관련 글과 그림과 영상을 만들며 생계를 유지하는 한편, 이런 모순적인 질문 공세에 시달리는 것도 어찌 보면 자연스러운 현상이다. "지금 하고 계시는 일이 AI로 대체될 가능성이 얼마나 있다고 생각하시나요?"

물론 예측할 수 없는 변화 앞에 초조하고 두려운 것이 비단 프리랜서만은 아닐 것이다. 하지만 근로기준법과 고용계약서라는 방패로 무장한 직장인은 최소한 하루아침에 거리로 내몰릴 가능성이 상대적으로 낮다. 반면 고용보장은커녕 퇴직금이나 위로금도 기대할 수 없는 프리랜서는 아무래도 직업 환경의 변화에 더욱 민감할 수밖에 없다. 특히 내 본업 중 하나인 번역은 인공지능이 대신할 가능성이 높은 일자리를 얘기할 때 빼놓지 않고 지목되는 일이고, 자연히 대체 가능성과 관련된 각종 질문 세례가 따라온다. 번역이나 프리랜서를 주제로 강연을 나갔을 때 Q&A 시간에 가장 많이 들어오는 질문 내용 또한 비슷하다. 특히 이쪽 업계에서 일하기를 희망하는 분들은 힘들게 준비한 직업을 기계에 빼앗길까 봐 시작하기도 전에 겁을 먹는 경우가 적지 않다.

결론적으로 말하면, 나는 번역가라는 직업이 AI로 대체될 가능성이

'있다'고 생각한다. 그 가능성을 어느 정도로 보느냐고 구체적으로 물어오는 사람들에게는 주로 이렇게 대답한다. "0퍼센트가 아닌 한 확률의 높고 낮음을 따지는 것은 무의미하다고 생각합니다."

나는 내 직업이 사라질 가능성을 부정하지 않으며, 그 심판의 순간이 친절하게 예고편을 방영해가며 찾아오지 않으리라는 사실도 분명히 인지하고 있다. 실리콘밸리에서 후드티에 두꺼운 안경을 쓰고 키보드를 두드리던 어느 MIT 출신 천재가 쓸 만한 번역 알고리즘을 개발해버리기라도 한다면, 나와 같은 일을 하던 전 세계 수천, 수만 명은 다음 날 해가 뜨기도 전에 일자리를 잃을 것이다.

이런 전망은 당연히 두렵다. 하지만 한편으로는 이성적으로 상황을 판단하고 대비책을 생각하게 해준다는 순기능도 갖고 있다. '회사에서 잘리면 일단 퇴직금으로 여행이라도 떠나서 천천히 생각하자' 하는 식의 사치를 누릴 여유가 없는 만큼, 프리랜서는 보통 직장인보다 귀가 밝고 발이 빠르다. 야생에서 포식자들의 위협을 받으며 살아가는 초식동물이 누구보다 예민한 귀와 민첩한 다리를 갖고 있는 것과 비슷한 이치랄까? 나 또한 한 명의 프리랜서로서 늘 업계 동향에 촉각을 곤두세우는 한편, 언젠가 이 '업계' 자체가 사라질지도 모른다는 가능성을 염두에 두고 늘 플랜 B를 궁리하고 있다. 그 플랜 B가 제대로 가동될지 여부는 알 수 없지만, 적어도 "실리콘밸리에서 엄청난 번역 앱이 개발됐대!"라는 소식이 들려왔을 때 내가 가장 먼저 떠올릴 생각은 '세상에, 이제 난 어떡하지?'보다 '그래, 올 것이 왔구나'에 가까울 것이다.

게다가 조금만 관점을 바꿔 생각해보면 이제 세상에 완벽하게 안전한 직업이란 없다. 법률사무소에서 사무직으로 일하던 시절, 사내 메신저로 기사 하나가 돌아다닌 적이 있다. 인공지능이 보편화되면 사라질 가능성이 높은 직업 1위로 법률사무소 사무직이 꼽혔다는 내용이었다. 얼마 후 다른 회사에 다니는 동창들과의 술자리에서 그 얘기를 꺼냈더니 이런 반응들이 나왔다. "어? 나는 회계사라고 알고 있는데?(회계사 친구의 대답)" "아니야. 은행원이랬어.(은행원 친구의 대답)"

발전은 늘 누군가에게 나쁜 소식일 수밖에 없다. 슬프게도 그 '누군가'에는 나와 내가 사랑하는 사람들도 예외 없이 포함되어 있다. 슬슬 윤곽을 드러내는 변화의 물결이 나를 먼저 덮칠지 은행원 친구를 먼저 덮칠지, 아니면 쓰나미만큼 거대한 파도로 우리 모두를 동시에 휩쓸어 버릴지는 누구도 알 수 없다. 다만 그 순서와 가능성을 재고 따질 시간에 나뭇가지로 엉성한 뗏목이라도 만들고 있자는 것이 지금의 내가 택한 초식동물의 생존전략이다.

09

앤디 위어 《마션》

일단 가보자.

Off I go.

하늘이 무너질까 무섭고, 땅이 꺼질까 무섭다. 나는 기본적으로 소심하디 소심한 인간이다. 세상에서 불확실성이 가장 두렵고, 미래에 조금이라도 영향을 미칠 만한 일을 시작할 땐 플랜 B부터 플랜 Z까지 예비 계획을 세워둬야 직성이 풀린다. 그럼에도 불구하고, 이놈의 인생은 내 뜻대로 흘러가지 않는다(당연하지).

회사를 나오겠다는 결심을 했을 때 내가 가장 먼저 한 일은 분석과 계획이었다. 치밀한 분석을 통해 진입 가능성이 가장 높은 프리랜서 직업을 확인하고, 성취해야 할 중간 목표도 단계별로 꼼꼼히 설정했다. 혹시라도 일이 틀어질 때에 대비해 이중 삼중의 안전장치도 걸어뒀다. 모아둔 돈이 얼마까지 떨어지면 아르바이트를 시작하고, 몇 년 안에 어디까지 성과를 내지 못하면 도전을 포기하고 재취업으로 방향을 돌린다는 결정도 퇴사 전에 100퍼센트 되어 있었다.

운과 노력과 타이밍이 맞아떨어진 덕에, 나는 회사로 돌아간다는 플랜 Z를 가동하지 않고 그럭저럭 먹고사는 프리랜서가 되었다. 하지만 출근을 하지 않는다는 큰 틀에서의 결과를 제외하면 나의 회사 탈출기는 시작부터 끝까지 처음 계획과 완전히 다른 모습이었다. 스스로 강점이라고 생각했던 영어는 번역 학원 편입시험에 똑 떨어지면서 약점으로 드러났고, 오히려 누가 봐도 아마추어 수준이었던 일러스트 실력으로 들이댄 덕에 첫 프리랜서 일감을 받을 수 있었다. 곧 죽어도 사업할 배짱은 없던 나였지만 결국은 내 이름으로 출판사까지 냈다.

꼼꼼한 계획이 무의미하다고 말하려는 게 아니다. 실제로 내가 불안에 떨면서도 칠흑 같은 암흑 속에서 한 뼘씩 움직일 수 있었던 것은 최소한 계획이라는 손전등으로 한 치 앞이나마 비추고 있었던 덕분이다. 하지만 그보다 더 분명한 것은, 때때로 내 손전등의 불빛 범위 이상으로 점프해야만 하는 순간이 있었다는 것이다. 예를 들어, 번듯한 이력도 경력도 없는 내게 어떤 출판사도 번역서를 맡겨주지 않으리라는 사실을 깨달았을 때, 내가 떠올릴 수 있는 선택지는 두 가지였다. 1번, 한계를 인정하고 곱게 물러난다. 2번, 직접 출판사를 차린다. 나는 2번을 택했다.

평소의 나라면 결코 할 수 없는 선택이었다. 지금 생각해보면 나도 내가 어떻게 그런 짓을 했는지 모르겠다. 하지만 너무도 절박했던 과거의 나는 용감하게도 마포구청에 찾아가서 그날로 출판사 신청을 해버렸다. 인쇄비 댈 돈이 없으니 전자책을 만들기로 하고, 제작비 댈 돈이 없으니 독학으로 공부해서 직접 코딩을 하기로 했다. 그리고 내가 번역한 텍스트를 전자책으로 만들어 팔았다.

이 사업은 수지가 맞지 않아 2년 만에 접어야 했다. 하지만 폐업신고를 위해 또다시 구청을 찾은 내 마음은 그렇게 무겁지 않았다. 그 기간 사이에 나는 이미 다양한 출판사에서 여러 권의 책을 낸 번역가가 되어 있었으니까. '만약 출판사를 차리지 않았으면 어떻게 되었을까?' 이 질문의 답을 지금 시점에서 찾는 것은 어차피 불가능하다. 하지만 그때 1인 출판으로 무작정 경력을 시작하지 않았다면 기성 출판사와 거래를 틀 가능성도 훨씬 낮았으리라는 것이 지금의 내 생각이다.

그런 의미에서, 나는 화성에서 홀로 살길을 찾아야 했던 《마션》의 주인공, 마크 와트니의 심정을 감히 조금이나마 이해할 것 같다. 동료들이 자신을 화성 표면에 남겨놓은 채 떠나버렸다는 사실을 깨달은 순간부터 와트니의 시간은 매 순간 철저한 생존계획 아래 흘러간다. 그 또한 나처럼 소심한 성격이었던 것이다…는 거짓말이고, 화성에서는 아주 작은 오류나 오차만으로도 한순간에 목숨이 날아가기 때문이다. 텐트에 작은 구멍이라도 나면 순식간에 미라가 되고, 산소 발생기가 잠시 오작동이라도 하면 눈알이 타는 고통과 함께 요단강을 건너야 한다. 게다가 지구의 신 못지않게 무정한 화성의 신은 와트니의 계획을 끊임없이 방해한다. 필요한 재료는 늘 부족하고, 기계는 수시로 고장 난다. 마침내 상식적인 계획으로는 도저히 어찌할 수 없는 단계에 왔을 때, 다시 말해서 수소 폭발의 위험을 안고 텐트 안에서 불을 지르는 것이 생존할 수 있는 유일한 옵션이라는 판단을 내렸을 때, 그는 자신에게 말한다. "일단 가보자."

기우의 화신인 나는 여전히 매 걸음 온갖 계획에 의지해서 바들거리며 나아간다. 그러나 적어도 지금은 불확실성 없이는 인생을 논할 수 없다는 경험칙을 마지못해 받아들인 상태다. 언젠가는 '일단 가보자'가 주는 스릴을 즐길 수 있는 날이 올까? 아직은 모르겠다. 하지만 한 번 해봤으니 두 번 못 할 건 없지 않느냐는 생각까지는 종종 할 수 있게 되었다.

10

L. A. 폴
《전환적 경험》

당신에게 뱀파이어로 변할
단 한 번의 기회가 찾아온다고
상상해보라.

Imagine that you have the chance
to become a vampire.

"지금 하는 일 중에 어떤 일을 가장 좋아하시나요?" 한 인터뷰에서 이런 질문을 받았다. 생계를 위해 하나씩 늘려간 직업이 어느덧 대여섯 개에 이르다 보니, 평소에도 이런 질문을 종종 만난다.

가장 솔직한 답변은 "때에 따라 다릅니다"일 것이다. 글쓰기와 번역 중에 뭐가 더 좋은지, 그림과 영상 중에 뭐가 더 좋은지 올림픽처럼 칼같이 순위를 매기기는 어렵다. 일에 대한 선호도는 작업 자체가 얼마나 재미있는지, 단가와 기간이 얼마나 여유로운지, 함께 일하는 사람들이 나와 얼마나 잘 맞는지에 따라 수시로 바뀌니까. 하지만 질문자가 원하는 것은 이렇게 두루뭉술한 답변이 아닐 터다. 그래서 나는 이렇게 대답했다. "잘 맞는 작품을 만났다는 전제하에, 책 번역이 가장 좋아요."

모든 번역가가 본인에게 잘 맞는 책만 맡을 수 있는 것은 아니다. 나는 영화의 잔인한 장면조차 보지 못하는 심약한 정신의 소유자지만, 작년에는 '고문'을 주제로 한 끔찍한 글을 번역하며 한 페이지에 몇 번씩 헛구역질을 해야 했다(바늘이… 면도날이… 으으…). 하지만 주제나 문장이 잘 맞는 글을 만나면 일하는 내내 신바람이 난다. 이렇게 좋은 책을 가장 먼저 읽는 독자가 되다니, 이 글을 내 문장으로 옮기다니, 심지어 돈까지 받는다니!

최근에 이런 기분을 느끼게 해준 번역물은 예일대학교의 L. A. 폴 교수가 쓴 《전환적 경험Transformative Experience》이었다. 정확히 말하면 책 전체를 번역한 것은 아니고(이 책은 아직 국내에 번역 소개되지 않았다), 한 철학 잡지에 게재된 책 소개와 일부 발췌문을 옮기는 작업이었다. 단행본으로 치면 대략 15페이지쯤 되는 글을 옮기는 동안, 도대체 몇 번이나 격하게 고개를 끄덕였는지 모르겠다.

폴 교수는 한 사람의 인생을 송두리째 변화시킬 수 있는 '전환적 경험'을 연구하는 철학자이다. 전환적 경험이란 쉽게 말해서 '한번 택하면 삶의 방식이 뿌리부터 바뀌며 두 번 다시 이전의 상태로 돌아갈 수 없는 결정적 선택'을 말한다. 이러한 경험을 설명하기 위해, 그녀는 두 가지 상황을 예로 든다. 첫 번째는 인간에서 뱀파이어가 되는 선택이고, 두 번째는 아이를 가짐으로써 부모가 되는 선택이다.

뱀파이어의 삶은 환상적이다. 늙지도 죽지도 않는 육체와 초인적인 힘, 박쥐를 비롯한 동물을 자유자재로 움직일 수 있는 초능력까지 지니고 있다. 하지만 한번 뱀파이어가 되면 영원히 햇빛을 볼 수 없으며 매일 누군가의 피를 마시며 살아가야 한다. 이런 삶은 인간보다 행복할까? 그 답은 누구도 알 수 없다. 직접 뱀파이어가 되어보기 전까지는. 하지만 일단 뱀파이어가 되면 설령 그 운명이 마음에 들지 않는다 해도 결코 돌이킬 수 없다. 만약 당신에게 뱀파이어가 될 수 있는 기회가 주어진다면, 당신은 그 선택이 행복을 가져올지 불행을 가져올지 전혀 모르는 상태에서 결정을 내려야 한다. 그리고 그 결과를 평생 짊어져야 한다.

부모가 된다는 선택 또한 마찬가지다. 태어날 아이가 내게 행복을 줄지 불행을 줄지, 막상 낳고 키워보기 전에는 알 수 없다. 하지만 일단 아이를 낳은 후에는 만에 하나 후회된다 하더라도 그 결정을 마음대로 무를 수 없다.

뱀파이어와 출산뿐이 아니다. 대학에 갈까, 기술을 배울까? 회사에 남을까, 가게를 차릴까? 결혼해서 가정을 꾸릴까, 비혼주의를 고수할까? 주어진 상황에 따라 미묘한 변주는 있겠지만, 인간이라면 누구나 삶의 각 단계에서 전환적 경험의 기로에 놓인다. 하지만 일단 뛰어들기 전까지는 결코 그 결과를 알 수 없다. 100명이 결혼해서 행복을 찾았다고 해도 내 결혼생활은 얼마든지 불행할 수 있다. 천 명이 퇴사 후에 후회를 맛본다 해도 내 미래는 충분히 그들과 다를 수 있는 것이다.

폴 교수는 우리가 인생의 예측 불가능성을 온전히 받아들여야 한다고 말한다. 삶의 중요한 기로에 설 때면 최선을 다해 정보를 모으고 신중하게 결정하되, 그 결과가 일반론과 얼마든지 다를 수 있다는 사실을 받아들이고 나만의 기준을 세워야 한다는 것이다. 이런 관점과 함께 인생의 길을 걸어간다면 남의 말에 덜 휘둘리고, 실수와 실패에도 보다 관대해질 수 있다. 애초에 실수니 실패니 하는 것은 남들이 만든 틀에서 벗어났다는 뜻에 불과하다. 내 인생을 책임져줄 것도 아니면서 스무 살에 대학에 안 가면, 서른 살에 취업을 안 하면, 마흔 살에 결혼을 안 하면 실패라고 부르짖는 그 무책임한 타인들 말이다.

이 글을 번역하는 동안, 대학 동기 중에서 지금도 가깝게 지내는 여자 친구 그룹이 떠올랐다. 스무 살 언저리였던 우리가 이제는 나란히 서른을 넘기고 함께 나이 먹어가고 있다. 20대 중반을 지나며 결혼하는 멤버가 한 명씩 나오기 시작했을 때, 한 친구가 말했다. "우리 약속하자. 결혼을 하고 아이를 낳더라도, 절대 다른 친구들에게 빨리 결혼하라거나 애 낳으라고 강요하지 않기로." 우리는 누가 먼저랄 것도 없이 그 제안에 동의했다. 그로부터 시간이 한참 지났고, 우리 모임은 쌍둥이 엄마부터 아이 없는 기혼자, 싱글까지 골고루 섞인 다채로운 조합이 되었다. 하지만 감사하게도 지금껏 예전의 그 약속을 어긴 친구는 없다. 덕분에 우리는 언제 만나도 마음 편히 서로의 일상을 공유하고, 부모가 된 친구의 아이를 내 조카처럼 예뻐하는 관계를 유지하고 있다.

사실은 이렇게 간단한 것이다. 내 기준으로 내 인생의 길을 선택하고, 그것이 일반화할 수 없는 나만의 경험이라는 사실을 받아들이는 것. 그러면 서로의 생활을 무의미하게 비교할 일도, 소중한 사람끼리 불편해질 일도 없다.

그리고 이런 공감과 깨달음을 주는 글을 번역할 수 있다는 것은 누구의 어떤 삶과도 비교할 수 없는 나만의 행복이다.

11

제레미 리프킨
《엔트로피》

우리는 늘 변화하는
우리 주변의 세상을 경험한다.

We experience the world
always changing around us.

콘텐츠 협업을 하며 친해진 업계 지인들과 영화를 봤다(그다지 재미있는 작품은 아니었으므로 제목은 밝히지 않겠다). 상영이 끝나고 배를 채우러 들어간 식당에서 영화평을 공유하는데, 알고 보니 우리 네 명이 한마음으로 어떤 사소한 대사 한 줄을 거슬려했다는 사실을 알게 되었다. 주인공이 중요한 정보를 언론에 흘려서 대한민국 최고 권력자인 악역을 궁지에 모는 장면이었다. 자신의 비리가 보도됐다는 소식을 듣자, 악역은 다급한 목소리로 되묻는다. "지상파야?" 부하의 입에서 "네"라는 대답이 나오자 일당은 즉시 패닉상태에 빠진다.

지상파 뉴스가 나라님도 뛰어넘는 권위를 지녔던 시대에는 이런 대사가 설득력을 지녔을지 모르겠다. 하지만 지상파보다 종편 시청률이 훨씬 높아진 지금, 사람들이 뉴스를 보는 동시에 인터넷으로 팩트체크를 하게 된 이 시국에 지상파 보도 한번이 세상을 뒤집는다는 설정은 지나치게 호들갑스럽다.

하지만 꼭 그 악역(혹은 영화 제작진)의 둔감함만을 탓하기는 어렵다. 우리 일행 모두 인정했듯, 콘텐츠 시장의 변화는 너무나 무서운 속도로 진행 중이기 때문이다. 내가 신문방송학과 수업을 듣던 2010년경만 해도 지상파 방송국은 감히 다른 매체가 넘볼 수 없는 힘을 지니고 있었다. 하지만 동기들이 언론고시를 준비하던 1~2년 사이에 슬슬 종편 수요가 높아지기 시작했고, 얼마 후에는 기어코 종편과 지상파의 신뢰도가 뒤집혔다. 그로부터 불과 몇 년이 지난 지금은 아예 TV 대신 SNS와 유튜브로 세상을 접하는 사람이 늘어나는 형국이다.

"우리 직업은 어떻게 될까요?" 콘텐츠고 뭐고 밥벌이가 1차 관심사인 소시민답게, 대화의 마무리는 역시 밥그릇의 미래로 귀결되었다. "아무도 모르죠, 뭐." 우리 중 가장 베테랑인 20년 차 기획자가 내린 결론은 이랬다. "하지만 아무도 모른다는 걸 아는 게 중요한 거예요."

12

올가 토카르추크
《방랑자들》

우리는 인간을
한 지점에서 다른 지점까지
향하는 움직임 속에서
파악해야 합니다.

10년 전과 지금의 나를 비교하면 너무나 많은 부분이 달라져서 깜짝 놀랄 정도다. 그 싫던 고수가 맛있어졌고, 구두보다 운동화를 즐겨 신게 되었다. 직업도 변하고, 사는 곳도 바뀌고, 자주 만나 교류하는 사람들도 달라졌다. 변하지 않은 것보다 변한 것이 더 많다고 할 정도로, 나라는 인간의 외적인 모습과 내적인 사고는 끊임없이 움직여왔다.

하지만 기록은 변하지 않는다. 지금은 쌀국수를 시킬 때 어김없이 "고수 추가요!"를 외치지만, '이렇게 역한 풀을 왜 먹는지 모르겠다'고 썼던 과거의 글은 남아 있다. 우연히 마주한 기록을 통해 지금과 다른 예전의 나를 만나는 것은 신기하면서도 즐거운 경험이다. 곁에 가족이나 오랜 친구가 있다면 함께 추억 여행을 떠날 수도 있다. "이것 봐. 그땐 우리가 이랬잖아."

하지만 혼자만의 일기장에 머물던 내 글이 책이라는 공식적 매체로 옮겨가면서, 그 기록에 담긴 변화도 예전과는 다른 의미를 지니게 되었다. "책에는 ○○를 좋아한다고 쓰셨던데, 실제로는 그렇지 않으신가봐요?" 종종 듣는 이런 이야기는 '그사이에 이렇게 변하다니 재미있네요!'라는 흥미의 표현보다 '책에는 거짓말을 쓴 모양이군요'라는 실망의 표현에 가깝다. 물론 그 책에 담긴 글은 거짓이 아니다. 몇 년 사이에 내 취향이 그쪽에서 이쪽으로 넘어왔을 뿐이다.

20대 초반에 베스트셀러를 냈던 한 저자가 50대인 지금까지도 그 책을 바탕으로 평가받는다며 고충을 토로한 인터뷰를 봤다. 어떤 세계적 수필가는 운전면허를 따지 않겠다는 글을 썼다가 몇 년 후 면허를 따는 바람에 수없는 질문 공세에 시달렸단다. 그런 의미에서 보면 전 세계를 무대로 수십 년 동안 팔릴 책을 못 내서 다행이라고 해야 할지. 아무튼 나는 지금도 끊임없이 변화하고 있다. 우리 인생은 '그때는 맞고 지금은 틀리다'라기보다 '그때도 맞고 지금도 맞다'에 가까우니까.

13

올더스 헉슬리
《멋진 신세계》

남들과 다르면 외로워지게 돼.

If one's different,
one's bound to be lonely.

인생 자체가 '주류'나 '대세'와 지극히 거리가 멀지만, 그중에서도 햄버거에 대한 내 취향은 극단적인 비주류, 마이너 중의 마이너에 속한다. 최소한 한국에서는 그렇다. 나는 피시버거 마니아다. 육즙이 줄줄 흐르는 쇠고기 패티보다 생선을 튀겨 만든 패티가 더 맛있다고 진심으로 생각한다. 물론 쇠고기가 들어간 버거를 싫어하는 건 아니다. 하지만 내 안에서 '햄버거 월드컵'을 개최한다면 그 토너먼트의 정점에는 분명 부드러운 흰살생선과 마요네즈 소스가 채워진 피시버거가 오를 것이다.

내 취향이 남들과 다를 수 있다는 건 알았지만 이 정도로까지 다를 줄은 몰랐다. 그러나 비극을 다룬 소설에 으레 나오는 표현처럼 '이제 와서 돌이켜보면', 피시버거와 나의 사랑이 순탄치 못하리라는 복선은 먼 과거부터 곳곳에 깔려 있었다.

그 첫 무대는 2000년 전후, 모 공립 초등학교의 급식실이었다. 메인 반찬으로 돈가스나 미트볼이 나오는 날이면 점심시간 종이 울리자마자 전교생이 메뚜기 떼처럼 급식실로 질주했지만, 식단표 맨 윗줄에 '생선가스'라는 단어가 적힌 날에는 점심에 대한 학우들의 열의가 절반으로 뚝 떨어졌다. 생선에 밀가루 반죽을 입힌 음식을 환영하는 아이는 별로 없었다. 심지어 그 위에 살포시 뿌려진 마요네즈 베이스의 타르타르소스는 비위 약한 친구들의 구역질을 유발하기도 했다. 그러나 단순했던 나는 그때까지도 사태의 심각성을 깨닫지 못했다. 그저 친구들이 거부한 생선가스를 모두 챙겨서 푸짐하게 먹을 수 있다는 사실이 기쁠 뿐이었다.

두 번째 복선은 세계 최대의 패스트푸드 체인, 맥도날드에서 일어났다. 학창시절 나와 친구들은 가끔씩 용돈을 모아 동네 맥도날드에서 햄버거 모임을 가졌다. 하지만 수년간 수십 명의 친구들과 수백 개의 햄버거를 사 먹는 동안 나와 같은 선택을 하는 아이는 거의 보지 못했다.

내가 고른 피시버거의 푸르죽죽한 포장지는 빅맥과 불고기버거를 감싼 하얗고 노란 포장지 사이에서 늘 불안정하게 튀는 존재감을 뽐냈다. 그럼에도 나는 여전히 해맑았다. 가끔씩 말줄임표로 끝나는 어정쩡한 반응("넌 피시버거야? 음…")이나 보다 직접적이고 호전적인 반응("웩, 그딴 걸 도대체 왜 먹냐?")을 얻긴 했지만, 어쨌든 햄버거는 딱히 나눠 먹는 음식이 아니므로 그 이상의 핸디캡을 체감할 일은 없었다.

문제가 본격적으로 가시화된 것은 2008년 맥도날드가 피시버거를 단종하면서부터였다. 인기가 없는 줄은 알았지만 메뉴에서 빼버릴 정도였다니. 가벼운 충격을 느낀 것도 잠시, 선두주자의 전례를 따르기로 약속이나 한 듯 버거킹과 모스버거를 비롯한 햄버거 브랜드들이 연이어 피시버거 판매를 중단해버렸다. 결과적으로 피시버거는 국내 프랜차이즈 업계에서 완전히 퇴출되었다. 부산이나 제주도 식당에서 간혹 판매된다는 풍문을 들었지만, 내 손길이 닿는 범위 내에서는 더 이상 햄버거 번 사이에 끼워진 흰살생선 특유의 향기를 만날 수 없었다.

비주류의 단점은 기쁨을 함께 누릴 동지뿐만 아니라 상실의 아픔에 공감해줄 이조차 찾을 수 없다는 것이다. 새콤달콤한 과일맛 캔디 '짝꿍'이나 달콤한 초콜릿에 고소한 시리얼을 더한 '초코 후레이키' 같은 주류 간식들은 단종 이후에도 많은 팬들의 추억 샘을 자극하며 언제든 돌아와달라는 염원을 받았지만, 물고기맛 햄버거의 귀환을 바라는 이는 거의 없었다. 사라진 피시버거를 생각할 때마다 아릿한 슬픔이 밀려왔던 것은, 어쩌면 맛에 대한 그리움뿐만 아니라 변변한 관심도 받지 못한 채 스리슬쩍 메뉴에서 쫓겨난 그 버거의 운명이 여러모로 남다른 길을 외로이 걸어가는 내 인생을 상기시켰기 때문일지도 모른다.

그렇게 긴 세월 비주류 버거를 그리워하며 비주류 인생을 살아가고 있던 어느 날, 너무나 반가운 소식이 들려왔다. 집에서 한 시간 정도 떨어진 번화가에 새로 생긴 수제버거 가게가 피시버거를 취급한다는 속보였다. 최근 큰 인기를 끄는 '핫 플레이스'라서 식사 시간이면 한 시간 대기가 기본이라고 했다. 두말할 필요도 없이, 그곳의 인기 비결은 메뉴판 구석에 빼꼼히 자리 잡은 피시버거가 아니라 주력 메뉴인 '육즙폭발' 쇠고기버거였다. 하지만 그런 게 무슨 대수랴? 영영 잃어버린 줄로만 알았던 내 사랑과 다시 만날 기회라는데! 극단적으로 길다는 대기시간도 내게는 큰 문제가 되지 않았다. 나는 출근할 사무실도 고정된 식사 시간도 없는 비주류 독립 근무자니까.

정보를 얻은 바로 다음 날, 가게 오픈 시간에 맞추기 위해 오전 10시에 집을 나섰다. 예상대로 이제 막 문을 연 식당에는 빈자리가 넉넉히 보였다. 일행이 있느냐고 묻는 점원에게 "없어요"라고 대답하자 혼자서도 마음 편히 식사할 수 있는 바 자리로 안내해주었다.

5분 후 자리로 서빙된 햄버거에서는 담백한 생선과 고소한 기름이 어우러진, 내가 그토록 그리워했던 향기가 솔솔 풍겼다. 희고 녹진한 소스와 짭짤한 치즈 또한 제자리를 지키고 있었다. 쇠고기 패티에 베이컨이 추가된 정통 햄버거의 인증샷을 찍는 인파 속에서, 나는 홀로 피시버거의 바다 내음을 즐기며 '행복'이라는 단어로밖에 표현할 수 없는 시간을 보냈다.

식사를 마치고 일어설 때쯤, 가게 밖에는 이미 번호표를 받은 사람들이 장사진을 치고 있었다. "지금부터 웨이팅하시면 앞에 열다섯 팀 대기 중이세요." 이제 막 들어온 손님에게 전하는 직원의 안내 멘트를 들으며, 나는 여유 있게 계산을 마치고 무거운 배와 가벼운 발걸음으로 가게를 나섰다. 남들과 다르면 외로워지지만, 때로는 그 외로움도 달콤해질 수 있다는 생각을 하면서.

14

헤르만 헤세
《데미안》

우연이란 존재하지 않는다.

"책을 읽는 사람은 점점 줄어드는데, 책을 내는 사람은 점점 많아지고 있어요." 한 출판 관계자 분과 회의를 하다가 들은 이야기다.

모공까지 보이는 초고화질 스크린으로도 모자라 냄새와 촉감까지 사실적으로 전해주는 가상현실 기술이 발전하면서, 독서 인구가 줄어드는 현상은 어느새 막을 수 없는 세계적 흐름이 되었다. 특히 세계에서 가장 넓고 빠른 인터넷망을 자랑하는 우리나라에서는 이미 버스나 전철에서 종이책을 읽는 사람이 천연기념물이라고 해도 좋을 만큼 희귀해졌다. 독서인의 본거지라고 할 수 있는 도서관엘 가봐도 소설이나 에세이보다는 '토익 RC 500제', '공무원 한국사 기출문제집' 등을 붙잡고 있는 사람이 더 흔하다. 독서의 순기능이 어쩌고 하는 가치판단을 떠나서, 책과 관련된 일을 하며 먹고사는 사람인 나로서는 그렇잖아도 많지 않은 고객님들이 자꾸 줄어드는 현실이 안타깝고 두려울 따름이다.

하지만 역설적이게도 출판 시장에는 점점 많은 책이 나오고 있다. 분명한 이유 중 하나는 책을 내기가 쉬워졌다는 것이다. 10여 년 전까지만 해도 책을 낸 작가가 되려면 신춘문예의 바늘구멍을 뚫거나 기성 출판사에서 원고 청탁이 들어올 만큼 특출한 글 솜씨, 혹은 화려한 이력을 갖춰야 했다. 반면 요즘에는 인터넷과 소량 인쇄기술의 발달에 힘입어 출판사 없이 혼자서도 얼마든지 책을 낼 수 있게 되었다. 포털사이트에 '책 내는 방법'을 검색하면 온갖 정보성 블로그와 사이트가 쭉 뜬다. 표지나 제본처럼 개인이 해내기 어려운 부분을 콕 집어 도와준다는 외주 업체도 수두룩하다. 어느새 많은 이들의 귀에 익숙한 용어로 자리 잡은 '독립출판' 혹은 '1인 출판'은 이와 같은 변화의 결과물이다.

앞서 말한 출판 관계자 분은 이런 흐름을 탐탁지 않아했다. 그는 '독자는 줄어드는데 작가는 많아지는' 현실을 개탄하고 있었다. 경쟁도 경쟁이지만, 출판계에서 잔뼈가 수십 년 굵은 그의 눈에는 최근 쏟아지는 독립출판물의 완성도가 영 마음에 들지 않았다. 미숙한 문장과 투박한 디자인으로 엮인 그런 '질 낮은' 책들이 자칫 출판 시장의 물을 흐리지 않을까, 그는 진심으로 염려했다.

독자가 줄어드는 현실에 대해서는 그와 한마음으로 걱정했지만, 작가가 많아지는 현상을 바라보는 나의 시선은 조금 달랐다. 분명 독립출판으로 나온 책 중에는 판매한 사람의 양심이 의심스러울 정도로 무성의한 물건도 있다. 독립출판물 위주로 판매하는 인터넷 서점을 즐겨찾기 해놓고 눈에 띄는 도서를 종종 구매하는 사람으로서, 가끔씩 이해 자체가 불가능한 비문투성이의 내용이나 워드 파일을 출력해서 그대로 제본한 듯 허접한 만듦새의 상품을 받아보고 황당했던 적도 있다. 하지만 상당수 책들은 무성의한 허접함이 아니라 거칠지만 소박한 개성을 지니고 있었다. 대형 출판사에서 자본을 들여 뽑아낸 매끈한 디자인과는 결이 다른 그 수수한 매력을 나는 꽤 좋아한다.

게다가 혼자 힘으로 만든 출판물이 늘어나는 흐름이 단순히 간소화된 방법 때문만은 아닐 것이다. 내가 책 쓰는 일을 한다고 하면 많은 사람이 이렇게 말한다. "부럽네요. 나도 책 한 권 내보는 게 소원이거든요." 나이나 직업이나 학력과 관계없이, 모든 인간은 자신의 생각과 경험을 표현하고 싶어 한다. 그 표현을 문장으로 (때로는 그림이나 사진으로) 녹여 한 권의 책으로 엮고 싶다는 꿈 또한 작가 지망생이나 사회적 명사만의 것은 아닐 터다.

나는 출판 시장의 변화를 이끌어낸 가장 큰 원동력이 세상을 향해 목소리를 내고 싶었던, 하지만 방법이 없어 포기해야 했던 이들의 바람이라고 생각한다. 그 바람이 모이고 모여 1인 출판이라는 시장을 만들었고, 독립서점을 응원하는 고객층을 만들었으며, 인터넷 플랫폼을 통해 책 만드는 방법을 공유하는 시스템을 만들어낸 것이다.

'닭이 먼저냐 달걀이 먼저냐' 식으로 접근하자면, 나는 최소한 출판계의 변화에 대해서는 오랜 세월 쌓여온 꿈이 낮아진 문턱보다 먼저라고 믿는다. 1인 출판물의 주인공들은 우연히 낮아진 문턱을 쉬운 걸음으로 성큼 넘은 이들이 아니라 작은 꿈으로 한 칸씩 쌓은 계단을 올라 높다란 벽을 정복한 이들이다. 혼자만 알기 아까운 좌충우돌 히말라야 여행기, 지금은 떠나고 없는 반려묘와 보냈던 소중한 시간의 기록, 작은 동네서점을 운영하는 책방 주인의 소소한 이야기, 20대 나이에 청소 노동자의 길을 택한 어느 청년의 당찬 목소리. 이런 재료를 기술이 아닌 마음으로 엮어낸 정겨운 책들의 등장은 우연이 아니라 필연이었다고, 나는 꽤 확신하고 있다.

15

로버트 프로스트
〈가지 않은 길〉

숲속에 두 갈래 길이 있었고,
나는 사람의 발길이 적은 길을
택했노라고.

Two roads diverged in a wood,
and I— I took the one less traveled by.

경제 전망서를 공동 번역하면서 증강현실 기술의 발전을 다룬 꼭지를 옮긴 적이 있다. 주인공의 머리카락이 한 올 한 올 살아 움직이는 〈겨울왕국〉 같은 애니메이션 작품을 보고 화면 속에 구현할 수 있는 세상이 훨씬 정교해졌구나, 느낀 적은 있지만 가상세계를 현실에 옮겨놓는 기술이 이렇게까지 발전한 줄은 몰랐다. 실제 인간과 거의 구분할 수 없을 정도로 사실적인 그래픽 캐릭터를 제작하는 데서 그치지 않고, 영화 〈레디 플레이어 원〉에서처럼 진짜 인간이 그 캐릭터와 일체화되어 증강현실 속 가상공간을 체험하는 기술이 이미 상용화 직전 단계라고 한다. 쉽게 말하자면, 내가 〈겨울왕국〉의 '엘사'가 되어 그녀가 사는 궁전과 마을을 돌아다니고, 영화 속 박진감 넘치는 모험을 직접 체험하고, 나와 같은 방법으로 접속한 전 세계 사람들과 대화를 나누는 것이 곧 가능해진다는 얘기다.

극장에서 보는 것만으로도 이미 압도적이었던 그 장면들을 오감으로 느낄 수 있다니, 정말로 현실을 증강한다는 이름에 딱 들어맞는 경이로운 기술이었다. '우와~', '세상에~' 저도 모르게 터져 나오는 감탄사를 연발하며 텍스트를 읽어 내려가는데, 문득 피식 웃음이 나왔다. 4D인지 5D인지, 대체 몇 차원이라고 불러야 할지도 헷갈리는 놀라운 미래 기술에 대한 정보를, 나는 흰 종이에 검은 잉크로 앙증맞게 인쇄될 2D 글자로 옮기는 중이었던 것이다.

어느새 우리 일상에 단단히 파고든 영상 테크놀로지의 습격과 맞물려 책 시장은 이미 쪼그라질 대로 쪼그라졌다. 멀리 갈 것도 없이, 당장 전철이나 버스만 타봐도 양손으로 책을 붙잡고 있는 사람보다 엄지손가락 하나로 컬러풀한 스마트폰 화면을 휙휙 넘기는 사람이 100배는 많다. 그나마 여기서 그친다면 다행이겠지만, 안타깝게도 책의 몰락은 현재 진행형이다. 10대가 되어서야 난생처음 흑백 휴대폰을 접했던 내

또래조차 책을 멀리하는데, 태어날 때부터 태블릿 PC로 총천연색 캐릭터 뮤직비디오를 보면서 자란 다음 세대가 과연 서점과 도서관을 찾긴 할까?

'책'이라는 명사 앞에 가장 자연스럽게 어울리는 접속사는 어느 틈엔가 '그럼에도 불구하고'가 되었다. TV만 있으면 전 세계의 명소를 풀 HD 화질로 담아낸 영상을 볼 수 있지만, 그럼에도 불구하고 글자로 쓰인 여행기를 읽는 사람들. 극장에 가면 빗자루가 날아다니고 마법 지팡이가 번쩍이는 모습을 생생한 CG로 감상할 수 있지만, 그럼에도 불구하고《해리포터》종이책을 찾아 읽는 사람들.

나 또한 이 '그럼에도 불구하고' 족의 일원이다. 책을 읽고, 쓰고, 옮기고, 소개까지 하고 있으니 우리 부족의 족장까지는 못 되어도 말단 간부 정도는 되지 않을까?

집필이든 번역이든, 매번 글자로 된 작업만 하다가 처음으로 영상을 통해 책 이야기를 해보려고 결심했던 순간이 기억난다. 어차피 글은 처음부터 읽던 사람만 읽을 테니, 영상을 통해 책의 매력을 전하면 원래 관심이 없던 사람들의 주목도 조금은 끌 수 있지 않을까 싶었다.《유튜브 영상 무작정 따라하기》같은 책을 찾아 읽으며(책쟁이는 유튜브조차 책으로 배웁니다) 더듬더듬 채널을 만들고 '카테고리 설정'이라는 버튼을 눌렀을 때 스포츠, 여행, 게임을 비롯한 온갖 분류 중에 '책'이나 '독서'는 아예 존재하지 않았지만, 이미 우리 부족의 숙련된 구성원이던 나는 특별히 놀라지도 않았다.

나는 그렇게 유튜브 세상 속 비주류 중의 비주류인 '북튜버' 대열에 합류했다. 영상 속에서 책에 대해 떠드는 이 특이한 사람들의 영역은 주류 콘텐츠에 속하는 게임이나 동물, 먹방에 비해 압도적으로 좁고 춥다. 하지만 1년여간 근근이 채널을 운영하면서, 나는 현실 세계에 점조직으로 흩어져 있던 부족원들이 결집하는 모습을 목격했다. 비록 그 규모가 요즘 '핫한' 콘텐츠의 팔로워 수에는 훨씬 못 미칠지라도, 그들은 아직 여기에 존재하며 취향을 나눌 수 있는 동료를 갈망하고 있었다.

그 감사한 분들을 보며 생각했다. 어쩌면 책의 입지는 계속 좁아질지언정 사라지지 않을지도 모른다고. 현재 테스트 중이라는 증강현실 기술이 정말로 실현된다면, 어쩌면 우리는 엘사와 슈퍼맨, 원더우먼과 아이언맨 따위의 모습을 하고 가상세계 속에서 만나게 될지도 모른다. 불을 뿜는 용을 타고 피 튀기는 전투를 벌이는 전사들의 곁에서, 우리는 평화롭게 시냇물 소리를 들으며 100여 년 전에 활자로 쓰인 《위대한 개츠비》 이야기를 나눌 것이다.

테드 창
《숨》

다른 이들과
똑같은 사건을 경험하더라도
우리는 똑같은 이야기를
만들어내지 않는다.

Even when we've experienced
the same events as other individuals,
we never constructed identical narratives.

오랜 시간에 걸쳐 한 사람을 만들어가는 경험이 있다. 할머니 댁에서 자랐던 유년기나 한동네에서만 쭉 보낸 12년의 학창시절은 내 인생의 큰 부분을 차지하며 천천히 조금씩 자아에 스며들었다. 그것만이 유일한 원인이었다고 단정적으로 말할 수는 없겠지만, 디지털보다 아날로그를 좋아하고 또래들보다 푸성귀를 잘 먹으며 활동 반경이 지극히 제한적인 지금의 내 삶은 아마도 그런 시간들의 영향이리라고 생각한다.

반면 어떤 경험은 비교적 짧은 기간 동안 강렬한 변화를 불러온다. 대학교 4학년 여름방학 때 취업을 위해 지원했던 백화점 인턴직은 고작 두 달 남짓한 기간이었지만 나라는 사람의 성향을 뿌리부터 바꿔놓았다. 소소한 부분부터 짚어보자면, 우선 입맛이 완전히 바뀌었다. 그전까지는 사탕이나 초콜릿 같은 단 음식을 좋아한 적이 없는데, 백화점 생활 몇 주 만에 '당이 떨어지는' 느낌을 절절히 체감하며 몇 시간에 한 번씩 당을 충전해야 생명을 유지할 수 있는 인간이 되었다. 매출 압박과 영업 스트레스, 진상 고객의 갑질을 한번 겪고 나면 입속에 초코파이 한 개를 통째로 밀어 넣지 않고서는 도저히 다음 업무를 진행할 수가 없다. 그런 생활에 끝내 적응하지 못하고 전혀 다른 직업을 택했지만, 어쩐 일인지 그때 바뀐 입맛만큼은 그대로 고정되어서 지금도 집 겸 작업실 곳간에 달달한 간식이 충분히 쌓여 있지 않으면 불안해서 집중이 잘 안 된다.

이 외에도 물욕이 사라지고(창고에 쌓인 어마어마한 물건의 산을 보면 있던 물욕도 달아난다) 성악설을 믿게 되었으며(세상에는 정말 창의적인 방식의 갖가지 진상 행태가 존재한다) 비가 오면 걱정하는 마음부터 드는 등(비 오는 날은 통계적으로 손님이 줄어든다) 크고 작은 변화가 생겼지만, 백화점에서의 두 달이 남긴 가장 큰 흔적은 아마도 조직의 밖으로 걸어 나와 살아가고 있는 지금의 내 삶, 그 자체일 것이다.

본사 교육원에서 입사 교육을 받고 지점 배치를 받은 첫날, 내가 가장 놀랐던 점은 평일 대낮에 백화점을 찾는 사람이 너무나 많다는 사실이었다. 그 광경에 깊은 인상을 받은 것이 나만은 아니었던지, 열 명이 조금 안 되는 지점 동기들끼리 점심을 먹으면서 매장마다 득실득실한 손님의 정체에 대해 소소한 토론을 했던 기억이 난다. 은퇴하신 분들이라고 하기엔 젊은이나 중년층이 너무 많았고, 주부라고 보기엔 남성도 상당수 섞여 있었다. 다들 건물주나 부자가 아닐까 생각도 해봤지만 그렇다고 보기엔 꼭 고가의 제품이 잘 팔리는 것도 아니었다. 파격세일을 하는 브랜드에 긴 줄이 늘어서고, 단 몇천 원이라도 아끼기 위해 할인카드와 행사 정보를 꼼꼼히 확인하는 고객이 많은 걸로 봐서는 모두가 돈이 넘쳐나는 부유층이라고 생각하기 어려웠다.

우리의 추측 게임은 쏜살같이 지나가버린 점심시간과 함께 흐지부지 마무리되었다. 하지만 의류패션팀 사무실로 돌아가는 내 머릿속은 미처 입 밖으로 꺼내지 못했던 하나의 가정 때문에 매우 복잡해져 있었다. 어쩌면 내가 아는 세상이 전부가 아닐지도 모른다는 생각. 학생도 주부도 은퇴자도 아니고, 경제적으로 아주 부유하지도 않지만, 어쨌든 평일 낮에 어딘가의 직장으로 출근하는 대신 백화점에 물건을 사러 올 수 있는 사람이 내 좁은 상식의 영역에서보다 훨씬 많을지도 모른다는 생각. 그래봤자 정신없는 오후 업무가 시작되자마자 휘발돼버린 고민이지만, 그것은 내가 생계형 프리랜서의 가능성을 희미하게나마 떠올린 최초의 순간이었다.

조건으로 따지면 백화점은 여러모로 괜찮은 직장이다. 급여도 일반 대기업 이상으로 높고, 직원 할인을 비롯해서 누릴 수 있는 혜택도 크고, 이벤트를 기획하거나 각종 패션 행사에 초청되는 등 흥미로운 업무도 많다. 하지만 그 이면에는 당연히 여러 가지 힘든 점이 있다. 굳이 열거하지는 않겠지만, 일단 팩트만 놓고 보자면 나와 함께 작은 토론회를 벌였던 지점 동기 중 대부분이 퇴사했다. 우리는 각자가 생각했던 전 직장의 단점을 보완할 수 있는 곳으로 흩어졌다. 은행을 택한 W오빠는 보다 조용한 환경을 원했고, 제조업 회사로 들어간 C언니는 이직의 첫 번째 조건으로 카드 영업이 없는 곳을 꼽았다. 나는 보다시피 몇 군데의 우회로를 거쳐 조직 밖에서 살아가고 있다. (물론 지금까지 잘 다니는 동기도 있다.)

같은 역에서 출발한 우리의 이야기는 시간이 흐르면서 전혀 다른 정류장에 도착했다. 2010년 여름, H백화점 M동 지점에서 함께 울고 웃었던 동기들은 함께 경험한 인턴 생활 중에서 어떤 순간을 가장 강렬했던 장면으로 꼽을까? 내 1위는 단연 입사 첫날 보았던 그 소박하면서도 자유로워 보이는 사람들의 모습이었다.

17

윌리엄 셰익스피어
《말괄량이 길들이기》

즐겁지 않으면
아무것도 습득할 수 없으니까요.

No profit grows where is
no pleasure ta'en.

나는 어째서 기계치가 되어버린 걸까? 유전자가 잘못된 것 같지는 않다. 아빠와 동생은 설명서 없이도 처음 만져보는 디지털 장비를 척척 조작하는 기계 고수인 데다 최신 모델에 사족을 못 쓰는 얼리 어답터다. 선생님인 엄마 또한 50세가 넘은 나이에 학사 관리 프로그램을 활용해 생활기록부 작성이나 시험문제 출제를 무리 없이 해낸다. 80대인 할머니도 노인학교에서 배운 기술로 문자 메시지를 보내고, 90대인 할아버지마저 온라인 바둑 게임에 심취하신 걸 보면 내 유전자 자체는 마땅히 기계 친화적이어야 한다. 그러나 어디서 어떤 돌연변이가 일어났는지, 나는 이 4차 산업혁명 시대에 도무지 답이 안 나오는 기계치로 태어나버리고 말았다.

자동차나 자전거처럼 큰 기계(?)는 당연히 손댈 엄두도 못 낸다(많은 사람이 너무 익숙해서 잊고 살지만, 이런 운송 수단들도 사실은 기계다). 일단 스마트폰은 갖고 있지만 주로 쓰는 기능은 전화와 문자, 카메라뿐이다. 엄지손가락으로 휴대폰을 척척 조작하는 사람들을 '엄지족'이라고 부른다는데, 왼손으로 폰을 꼭 쥐고 오른손 검지로 조심스레 버튼을 찾아 누르는 내 모습은 언제나 친구들에게 큰 웃음을 안긴다. 돋보기만 있으면 영락없이 할머니라며, 30대 나이에 '서할머니'라는 별명까지 얻었다. 학교나 회사에 다닐 때도 사이버캠퍼스 활용법이나 업무상 익혀야 할 각종 프로그램 숙지가 가장 큰 고충이었다.

그런데 이상하게도 프리랜서가 된 후 나를 알게 된 이들은 기계치라는 내 소개를 영 믿지 않는다. 태블릿 PC로 그린 일러스트를 SNS에 올리고 카메라와 편집 프로그램으로 유튜브 영상을 만드는 사람이 기계를 어려워한다니, 그 자체가 말이 안 된다고 생각하는 것이다. 물론 이것은 결과물만 보는 사람들이 할 수 있는 흔한 오해다. 작업 하나를 할 때마다 설명서를 100번씩 찾는 내 모습을 본다면 그런 말은 당장에 쏙 들어가고, 오히려 서할머니라는 별명이 서증조할머니로 진화할지도 모른다. 하지만 이런 일들에 조금씩 도전하고, 그 결과 뭔가가 만들어지는 즐거움을 경험하면서, 낯선 기계를 마주했을 때 밀려오던 순도 100퍼센트의 공포가 조금이나마 상쇄된 것은 사실이다.

애초에 기계를 좋아해본 적 없기에, 살면서 만졌던 디지털 장치들은 모두 의무로 배웠거나 남들에게 뒤처질 수 없다는 마음으로 꾸역꾸역 익혔었다. 그런데 프리랜서가 되기로 결심하고, 난생처음 '해야 하는 일'이 아니라 '하고 싶은 일'이 목표가 되자, 그 과정에 필요한 각종 기계와 기술이 조금은 덜 무서워 보이기 시작했다. 평생 '너무 어려워서 못 하겠어'에서 머물던 태도가 '너무 어렵지만 한번 해볼까?'로 한 걸음 전진한 것이다.

사실 생각이 바뀌었다 해도 그 변화는 오랜 기간 그저 마음속에만 머물러 있었다. '한번 해볼까?' 정신이 비로소 행동으로 연결된 것은 기약 없이 길어지는 백수 생활의 불안과 가진 것 없이 시간만 많은 현실이 한데 엮여 일종의 화학작용을 일으키면서부터였다. 그 순간 선천적 기계치인 내 안에서 그야말로 미쳤다고밖에 할 수 없는 목표가 생겨났다. 워드도 제대로 못 다루는 무늬만 젊은이가 무려 '코딩'으로 전자책을 만들어 팔아보겠다는 아득한 결심을 한 것이다.

코딩이 뭔지 전혀 감도 잡을 수 없었지만, 그 단어에서 풍겨오는 어렵고 복잡한 기술의 향기만큼은 느낄 수 있었다. 대형 출판사에서도 코딩은 주로 외주 기술자를 쓴다고 들었다. 하지만 기술자 쓸 돈은 없고 공부할 시간은 무한정 많았던 나는 《Sigil로 전자책 제작하기 A to Z》라는 책을 사서 노트북 옆에 펼쳐놓고 한 문장씩 따라 하며 내 번역 원고를 전자책 포맷으로 코딩해나갔다. 이 이야기는 다른 책에서도 전에 한번 한 적이 있는데, 그때는 '더듬더듬 만들었다'는 표현으로 간단히만 다루고 넘어갔었다. 하지만 '더듬더듬'이라는 이 네 글자에는 사실 눈물 없이 들을 수 없는 삽질과 시행착오가 포함되어 있다. 도무지 원인을 알 수 없는 오류가 유발한 당혹감과 쥐어뜯어 빠져버린 머리카락, 부아를 이기지 못하고 쾅 닫아버린 노트북 뚜껑의 고충도.

그럼에도 불구하고, 남들보다 느리고 어설프게 진행되던 그 모든 과정 속에서 나는 의외의 기쁨을 찾아냈다. 반복되는 오류에 지쳐 있다가도 내가 입력한 숫자와 명령어가 화면에 정확히 반영되는 순간에는 그야말로 마법 같은 희열이 밀려왔다. ("서메리 가라사대, 폰트를 15로 키우라 했더니 글씨가 커졌더라.") 마침내 완성된 단 한 권의 전자책은 들인 품에 비해 많은 돈을 벌어다주진 못했지만, 귀엽기 그지없는 수익도 과정에서 느낀 행복과 끝내 코딩에 성공했다는 자신감만은 꺾지 못했다.

그때의 경험이 없었다면 내가 유튜브나 디지털 일러스트에 도전하는 일은 없었을지도 모른다. 지금도 컴퓨터나 카메라, 태블릿 PC 앞에 앉아서 작업하는 내 모습은 차마 공개하기 부끄러운 탄식과 비명과 몸부림으로 가득하지만, 어쨌든 뭔가가 조금씩 완성되어간다는 보람과 즐거움은 확실히 알게 되었다. 나는 언제나 기계치 서할머니겠지만, 이런 즐거움이 있는 한 앞으로도 낯설고 어렵고 두려운 많은 것을 조금씩 배워나갈 수 있으리라 생각한다.

18

존 스타인벡
《분노의 포도》

앞으로 나아가다 보면
뒤로 미끄러지기도 하지만,
그래봤자 반 발짝 물러설 뿐이다.

Having stepped forward,
he may slip back,
but only half a step.

아는 사람들은 모두 나를 문과형 인간으로 평가한다. 사실 내가 봐도 그렇다. 살면서 책벌레가 아닌 적이 없었고, 대학에서는 문학을 공부했으며, 지금도 이렇게 글을 쓰며 살아가고 있다. 전공이나 직업처럼 외부적인 요소를 제쳐두고 생각해도, 감정의 스펙트럼이 넓고 문득 공상에 빠지곤 하는 내 성향은 객관적으로 문과에 가깝다.

하지만 의외로 고등학생 때 나는 이과였다. 2학년에 올라가면서 과를 결정할 때 이과반을 선택했던 것이다. 공부를 하면서 도무지 숨길 수 없는 자신의 문과 성향을 뒤늦게 깨닫고 이후 진로를 바꿨지만, 어쨌든 고등학교에 다니는 동안에는 의대나 공대를 지망하는 친구들과 함께 수학II, 물리I 수업을 열심히 들었다. 내 반전 과거(?)는 지금도 말할 때마다 듣는 사람을 놀라게 한다. 왜 그렇게 어울리지 않는 선택을 했었느냐고 대놓고 묻는 이마저 있다. 어쩌면 인생을 바꿀지도 모를 중요한 기로에서 그런 의외의 결정을 한 데는 복합적인 까닭이 있지만, 결정적인 이유 중 하나는 특정 과목에 대한 애정이었다. 나는 학교에서 배우는 모든 과목 중에서 화학을 가장 좋아했다.

잘생긴 동아리 선배에게 한눈에 반한 순간처럼, 나는 화학과 사랑에 빠진 순간을 콕 집어 말할 수 있다. 초등학교 과학시간이었다. 그날 수업 주제는 산성과 염기성이었는데, 선생님이 산과 염기에 대해 설명하면서 이런 예시를 덧붙이셨다. "너희들, 생선 비린내 알지? 그 비린내가 바로 염기성이야. 그래서 산성인 레몬즙을 뿌리면 중화돼서 사라진단다."

나는 그때도 먹는 것을 세상에서 제일 좋아하는 아이였고, 고학년이 되어 가스레인지 접근을 허락받으면서 라면을 시작으로 슬슬 요리에 관심을 가져가던 참이었다. 그런 내게 학교에서 배운 지식을 실제 음식 만들기에 써먹을 수 있다는 사실은 큰 감동이었다. 학교에서 돌아오자마자 요리 경력 50년인 할머니에게 달려가 생선을 구울 땐 꼭 레몬을 뿌리셔야 한다고 주제 넘는 훈수를 두었던 기억도 난다.

액체의 끓는점을 배운 다음에는 라면 물에 스프를 먼저 넣고 끓는점을 높여 면을 꼬들꼬들 삶았고, 고추의 매운맛이 지용성이라는 원리를 배운 다음부터는 화끈거리는 혀를 물 대신 우유로 잠재웠다. 과학에 다양한 분과가 있으며 내가 열광하는 이런 지식이 화학에 속한다는 사실을 알게 된 건 그보다 시간이 더 지난 뒤였다. 먹성 좋은 꼬맹이는 자연스레 화학을 사랑하는 여학생으로 자라났고, 그로부터 몇 년 뒤 진로 희망서의 '이과' 란에 해맑은 동그라미를 쳐서 제출하기에 이른다.

그러나 입시 준비는 식탐만 갖고 헤쳐 나갈 수 있을 만큼 만만치 않았다. 나는 화학을 제외한 다른 이과 선택과목에 흥미를 느끼지 못했고, 나름대로 열심히 공부했지만 원하는 만큼의 성적을 거두지 못했다. 온갖 스트레스와 내적 고뇌 끝에 내가 전반적으로 이과 적성이 아니며 이과를 선택한 이유조차 실은 지극히 문과적이었다는 사실을 깨달았지만, 그때는 이미 수능이 코앞에 닥친 상황이었다.

이제라도 진로를 바꿔야 하나? 지금까지 공부한 과목으로 일단 수능을 보는 게 낫나? 절체절명의 갈림길에서 나는 전자를 택했다. 그리고 몇 달 동안 죽기 살기로 사회 과목을 벼락치기한 끝에 문과로 시험을 쳤다. 지금이니까 '벼락치기'라는 표현을 담담히 쓸 수 있지, 당시에는 흘러가는 시간에 대한 초조함과 어리석은 판단에 대한 후회, 남들보다 뒤처졌다는 불안이 밀려와 하루하루가 지옥 같았다.

이과 진학은 인생에 영향을 미칠 중요한 결정 가운데 내가 실패한 첫 번째 선택일 것이다. 내 마음 하나 추스르기도 힘든데, "그러게 왜 그랬어", "거봐, 내가 뭐랬어" 같은 주변의 무신경한 타박까지 견디느라 정신을 차리기도 힘들었다.

그 실수에 따른 괴로움이 무뎌졌다면, 그것은 어른이 된 후 더 심한 실수를 수없이 쌓아왔기 때문이다. 인생이 축구라면 나는 전반전에만 자살골을 열 번쯤 기록한 공격수다. 때로는 남의 말을 안 들어서, 때로는 남의 말을 너무 들어서, 틀린 선택지를 무던히도 많이 집어 들었다. 그렇게 실패를 거듭하는 사이 어차피 내 팔자에 직선 고속도로는 없다는 깨달음이 찾아왔다. U턴에 U턴을 거듭하더라도 언젠가는 목적지에 도착하리라는 태평함도 조금쯤은 생겼다.

그리고 효율과 승률에 대한 미련을 내려놓고 나서야 비로소 눈에 들어온 사실도 있다. 실패는 어쩔 수 없이 괴롭지만, 후회와 자책이 어느 정도 사그라지고 나면 그 바닥에 숨어 있던 보상이 깜짝 선물처럼 찾아오기도 한다. 이과에서 배운 삼각함수와 벡터는 이미 머릿속에서 지워졌지만 화학 원리만큼은 지금도 내 넉넉한 식탐에 지대한 공을 세우고 있다. 나는 오늘도 마이야르 반응(고기 겉면을 노릇한 갈색으로 변화시키는 화학반응)을 고려하며 삼겹살을 굽고, 유화작용(물과 기름처럼 섞이지 않는 액체를 고르게 섞는 작용)을 응용해 파스타 소스와 찌개 양념을 만든다. 과학이 가져다준 식생활의 행복을 감안하면, 내가 열 걸음 후퇴라고 믿었던 이과 선택이 사실은 다섯 걸음쯤 후퇴밖에 안 될지도 모르겠다.

19

캐서린 맨스필드
《가든 파티》

강해지는 것보다
약해지는 게 훨씬 멋져.

It's much nicer to be weak
than to be strong.

요즘 매사에 의욕이 없다. 책 작업 세 권을 연달아 마치고, 번역서도 몇 권인가 내고, 그 사이사이 각종 외주도 받고… 그렇게 몇 해를 쉼 없이 달리다가 어느 날 갑자기 열정이 증발해버렸다. 아침에 눈을 떠도 아무런 의지가 없다. 책상에 앉아도 아무 생각이 나지 않는다. 초조함과 자포자기 사이를 왕복하며 하루를 보내고, 무기력에 절어서 잠자리에 든다. 이러면 안 되는데. 밀린 일감이 산더미에, 각종 공과금 고지서는 무서울 정도로 성실하게 날아오고 있는데. 하지만… 그렇지만… 그럼에도 불구하고… 아아… 모르겠다.

그런데 이 시기에 이런 상황을 겪고 있는 것이 나 혼자만은 아닌 모양이다. 최근 비슷한 증상을 호소하는 주변 친구들이 많다. 직장인부터 주부, 자영업자에 이르기까지 하는 일은 천차만별이지만 인생에 전반적인 무기력을 느낀다는 점은 같다. '삼땡' 나이에 이르러 단체로 삼십춘기라도 겪고 있는 걸까? 비슷한 고민을 하는 동지가 많다는 사실에 안도가 되면서도, 한편으로는 내 딴에 심각한 위기라고 생각했던 정서적 동요가 누구에게나 찾아오는 보편적 혼란기라 생각하니 기분이 묘하다.

하긴, 세상 모든 고민을 혼자 짊어진 기분으로 심각하게 보냈던 사춘기의 경험으로 미루어 볼 때, 지금 내 상태가 인류의 일반적 성장 사이클에서 벗어난 비범한 무언가일 가능성은 거의 없다. 그 시절과 비교해서 달라진 것이 하나 있다면, 더 이상 내 감정에 특별한 지위를 부여하며 혼자서 강한 척하려고 애쓰지 않는다는 것이다. 어차피 누구나 겪는 일이고, 언젠가 지나갈 열병이라면, 마음껏 약해지고 마음껏 징징대며 다음 안정기가 찾아오길 기다리자…. 약해질 용기를 낼 수 있게 되었다는 것만으로도, 지금의 내가 방문을 걸어 잠그고 혼자 끙끙대던 사춘기의 나보다 한 뼘쯤 성장했다는 뜻일 테니까.

20

무라카미 하루키
《먼 북소리》

내가 두려웠던 것은
어느 한 시기에 달성해야 할
무엇인가를 달성하지 않은 채
세월을 헛되이 보내는 것이었다.

같은 말이라도 누가 했느냐에 따라 의미와 느낌이 확 달라진다. "사람에게는 시기별로 달성해야 할 무엇인가가 있다." 이런 얘기를 꺼낸 이가 전 회사 부장님이나 가족 행사에서 처음 만난 친척 어르신이었다면, 나는 예의상 "그렇죠"라고 답하면서도 내면에 울려 퍼지는 꼰대 경보를 감지하며 잽싸게 자리를 피할 것이다.

하지만 이것이 소설가 무라카미 하루키의 입에서 나온 말이라면 얘기가 좀 달라진다. 그가 노벨 문학상 후보씩이나 되는 대단한 사람이라서가 아니다. 한때 소설뿐만 아니라 에세이, 연설문, 각종 기고문을 비롯해 그가 쓴 글을 모조리 찾아 읽던 사람으로서(하루키는 지금도 좋아하는 작가지만, 대학생 무렵에는 거의 광적이다시피 '팬질'을 했었다), 그가 살아온 모습을 조금이나마 알고 있기 때문이다.

물론 내가 가진 정보는 공식적으로 발표된 것뿐이다. 개인적인 친분으로 따지면 그와 나는 당연히 전 부장님이나 친척 어르신보다도 한참 못한 사이다. 그러나 하루키는 젊은 시절을 비롯한 인생의 굵직한 터닝 포인트가 일일이 알려질 만큼 유명한 사람이고, 내가 아는 한 적어도 20대 중반 이후로 일반적인 의미의 '나이대별 과업'을 성실히 달성하며 살아오지 않았다. 오히려 정반대다. 대학을 졸업한 20대 초중반을 기점으로, 그는 남들이 하는 말 따위 한 귀로 흘려들으며 올곧고 꿋꿋한 반항아의 길을 걸었다.

결혼은 했지만 아이는 낳지 않겠다고 선언했다. 아내가 직장생활을 하는 동안 주부로 살았다. 서른 살이 되어 느닷없이 소설을 쓰기 시작했고, 처음 수상한 문학상 시상식에 '일부러' 세탁기에 돌려서 구긴 양복 차림으로 나타났다. 평생 자타공인 술고래였다. 논란의 중심에 서는 것을 두려워하지 않으며, 고국과 외국을 두루 저격하는 소신 발언으로 지금도 종종 입방아에 오른다. 그가 우리 아빠의 삼촌뻘인 1949년생이라는 사실을 굳이 감안하지 않더라도(심지어 1월생이라 빠른 49다) 이보다 파격적인 인생관은 찾기 힘들 것이다.

하지만 마치 작정이라도 한 듯 세상의 시간표를 거슬러 올라가던 그는 에세이《먼 북소리》에서 마흔 즈음 갑자기 일본을 떠나 유럽으로 향한 까닭을 이렇게 설명했다. 어느 한 시기에 달성해야 할 무언가를 이루지 못할까 봐 두려웠고, 그래서 어딘가 먼 곳으로 갈 수밖에 없었다고.

그가 어학연수나 배낭여행을 언급했다면 시큰둥했을 것이다. 원정출산을 들먹였다면 실망했을 것이다. 하지만 그가 내놓은 이유는 '소설'이었다. 청년에서 중년으로 넘어가는 그 미묘한 시기에, 그는 앞으로 다시는 쓸 수 없을 그런 종류의 소설을 써야 한다는 강렬한 열망을 느꼈다. 그에게 그것은 일종의 숙명이었고 운명의 부름이었다. 그래서 그는 떠났다. 아는 사람도 없고 말 한마디 통하지 않는 외로운 땅으로.

그가《먼 북소리》에 담아낸, 그리스와 이탈리아에 머물며 원고를 썼던 그 수년간의 기록은 덤덤하면서도 어딘지 고독한 느낌을 준다. 학생에서 직장인을 거쳐 백수, 다시 학생, 프리랜서로 인생의 롤러코스터를 타는 동안 나는 어딘가로 훌쩍 도망가고 싶어질 때마다 그의 에세이를 꺼내 읽었고, 일관되게 전해지는 그 고독감에서 묘한 위안을 얻었다.

하루키가 유럽으로 떠난 시기는 작가로서 슬슬 자리를 잡아가던 무렵이었다. 작품 몇 편이 괜찮은 반응을 얻었고, 본인의 묘사에 따르면 '무형문화재처럼 가난하던' 시기에서 벗어나 생활도 어느 정도 안정을 찾았다. 남들보다 10년 이상 늦게 올라간 궤도 위에서 그는 많은 유혹을 받았을 것이다. 이제라도 정상적으로 살라고, 더 늦기 전에 아이도 갖고 적금도 넣고 운전면허도 따라고 재촉하는 무언의 압박도 있었을 것이다. 하지만 마흔을 앞둔 그가 원한 것은 자신을 쏙 빼닮은 아이나 노후를 든든하게 보장해줄 통장이 아니었다. 그는 지금이 아니면 두 번 다시 쓸 수 없는 소설을 원했고, 그 타이밍을 놓쳐버릴까 봐 두려워했다.

그 순간 나는 그가 진정으로 멋지다고 생각했다. 특별해서가 아니라 분명해서 멋졌다. 세상에 지금 자신이 원하는 것을 정확히 아는 사람이 얼마나 있을까? 그 문장을 처음으로 만났던 스물 몇 살의 나는 그런 사람이 되지 못했다. 하지만 희미하게 느낄 수는 있었다. 내 안에도 스스로 원하는 것을 찾아내고 싶은 욕망이 있다는 것을. 그 뒤에 필연적으로 고독한 비포장도로가 펼쳐진다 해도, 나는 원하는 것을 분명히 아는 사람의 눈에 보이는 그 선명한 풍경을 꼭 보고 싶었다.

잘 알려진 것과 같이 하루키는 과감히 떠난 집필 여행에서《노르웨이의 숲》을 써냈다. 단번에 부와 명예를 안겨준 그런 마스터피스를 완성한 다음의 기분이 어땠을지, 나로서는 감히 상상도 할 수 없다. 그러나 그가 비행기 티켓을 끊었을 때의 기분 정도는 이제 어렴풋이나마 짐작이 된다.

아무래도 지난 10년 사이 나는 내가 뭘 원하는는지 조금쯤 알게 된 모양이다.

2장

미운 사람은 미운 사람대로

21

하퍼 리
《앵무새 죽이기》

하지만
다른 사람들과 같이 살아가기 이전에,
나는 나 자신과 함께 살아가야 해.

But before I can live with other folks
I've got to live with myself.

며칠 전 외국인 친구가 영어로 된 기사 링크를 보내줬다. 'Do you agree?(동의해?)'라는 질문과 함께. 클릭하니 〈뉴욕 타임스〉 인터넷 뉴스 페이지로 연결됐고, 'The Korean Secret to Happiness and Success(한국인의 행복과 성공 비결)'라는 큼직한 폰트의 표제가 눈에 들어왔다. 글쎄, 한국이 세계적으로 비결을 전파할 만큼 행복하고 성공한 나라인지는 잘 모르겠지만, 어쨌든 나 또한 행복과 성공에 흥미가 있는 사람인 데다 먼 땅에서 우리나라에 관심을 보여준 친구의 질문에도 제대로 답해주고 싶어서 진지하게 읽어봤다.

결론적으로 말해서, 내가 보낸 답장은 'only a half(반만 동의해)'였다. 한국계 미국인 기자가 쓴 그 기사는 한국 특유의 사회생활 기술인 Nunchi, 즉 '눈치'를 예찬하고 있었다. 어릴 때부터 미국에서 생활한 그는 한국인 부모님 덕분에 눈치가 무엇인지 배웠고, 성장하는 과정에서 그것이 행복과 성공의 가능성을 극대화해주는 유용한 도구임을 깨달았다고 했다. "경쟁자가 방 안에서 극히 소수의 사람(혐오하는 사람 혹은 같이 자고 싶은 사람)에게만 관심을 기울이는 사이, 눈치 빠른 사람은 방 전체의 흐름을 순식간에 파악한다." 그는 어린 시절 언어가 서툰 상황에서도 눈치 스킬을 활용해 부반장이 될 정도로 인기를 얻었고, 이후에도 눈치 있게 행동한 덕에 어디서나 원만하게 지낼 수 있었다며 서구 사람도 이처럼 훌륭한 덕목을 적극적으로 받아들여야 한다고 주장했다.

그 기사에 절반이나마 동의한다고 한 것은 눈치가 분명히 성공에 도움을 준다고 생각하기 때문이다. 나는 그 사실을 안다. 스스로 둘째가라면 서러울 정도로 눈치 빠른 사람이니까. 학생 때든 직장인 때든, 눈치 덕분에 대외적으로 이익을 봤으면 봤지 손해를 본 적은 없다. 식당에 가면 남들 엉덩이가 바닥에 닿기도 전에 수저와 물컵부터 세팅했고,

분위기가 싸할 땐 열심히 대화를 이끌다가도 높으신 분이 연설을 시작하면 재빨리 입을 다물었다. 덕분에 어딜 가나 모나지 않게 적당히 동화되어 지냈고 선배와 상사에게는 예쁨도 꽤 받았다. "메리 씨는 눈치가 있어서 좋아." 이런 칭찬을 직접적으로 들은 적도 여러 번이다. 부모님 댁과 할머니 댁을 오가며 자란 어린 시절 때문인지, 팀을 옮겨가며 막내 생활만 5년간 했던 직장 경험 때문인지, 아니면 그냥 태어나길 이렇게 태어난 건지, 이유는 모르겠지만 어쨌든 나는 준수한 눈치의 힘을 빌려 언제나 별 탈 없이 사회생활을 해왔다.

하지만 그 능력이 개인적인 행복지수를 높여줬는지는 정말 의문이다. 누구나 좋아하고 누구도 불편해하지 않을 얘기로 모임의 분위기를 띄우는 동안, 정작 내가 하고 싶은 이야기는 거의 하지 못했다. 좋아도 좋다고 말 못 하고, 싫어도 싫다고 말 못 했다. 내 입에서 나오는 대답은 늘 나보다 타인의 기분을 더 많이 반영했다. '다음번에는 꼭 솔직하게 얘기해야지.' 독하게 마음먹었다가도 막상 대화를 시작하면 상대의 미묘한 표정과 말투 변화를 저도 모르게 알아채고 그가 좋아할 쪽으로 말을 돌렸다. 애초에 모르면 편했을 것이다. 하지만 내가 어떻게 해야 분위기가 좋아질지 뻔히 알면서 무시하고 내 갈 길만 가기란 생각보다 쉽지 않다.

화기애애하게 웃고 떠들고 때로는 칭찬까지 받아가며 사람들을 만나다가도, 자리가 끝나면 자주 진한 회의감이 밀려왔다. 이게 뭐 하는 거지? 내가 잘하고 있는 걸까? 난 누구를 위해, 무엇을 위해 이렇게 사는 거지? 겉보기엔 무탈하기 그지없는 조직생활을 했지만 속으로는 늘 견디기 힘든 부담과 혼란을 느꼈나. 결국 나는 남들보다 예민한 눈치로 남들보다 원만하게 해나가던 조직생활을 남들보다 빨리 그만두게 되었다.

만약 '한국인의 행복과 성공 비결'이라는 기사 제목에 단어 두 개를 추가한다면 나는 100퍼센트 동의할 수 있을 것이다. '한국인의 (남의) 행복과 (나의) 성공 비결'. 하지만 그런 비결은 누구에게 권하고 싶지도, 스스로 실천하고 싶지도 않다.

요즘 나는 지나친 눈치를 버리는 연습을 하고 있다. 배려는 하되 비굴하지 않고, 다른 이들의 기분만큼이나 내 기분도 생각하는 사람이 되고 싶다. 성공에서 그만큼 멀어지는 선택일지도 모르겠지만, 그래도 나는 (남의) 행복이 아닌 (나의) 행복을 찾고 싶다. 결국 내게 가장 중요한 사람은 나 자신이니까.

22

미겔 데 세르반테스
《돈 키호테》

유감스럽게 생각할지 말지는
내가 결정할 일이네.

유튜브를 시작하면서 다양한 댓글을 받게 되었다. 따뜻한 응원에 마음이 뭉클해진 적도 많지만, 뾰족한 악플에 상처받는 일 또한 일상적인 고충의 한 부분이 되었다.

악플을 받아본 이라면 공감하겠지만, 밑도 끝도 없는 욕설이나 공격은 순간적으로 아프긴 해도 (상대적으로) 오래 기억되진 않는다. 일단 그런 글을 보면 망설임 없이 '삭제'와 '차단' 버튼을 누를 수 있다. 분노만큼 연민을 느끼기도 하고, '이거 신고하면 합의금 나오는 거 아냐?' 같은 상상에 소소한 희열을 맛보기도 한다.

진짜 문제는 건설적인 비판의 탈을 쓴 교묘한 악플이다. 얼핏 보기엔 진지한 조언 같지만 찬찬히 보면 불필요한 지적이나 막말인 경우가 태반이다. 평가를 빙자해 은근슬쩍 사람을 깎아내리는 이런 댓글의 앞뒤에는 마치 약속이라도 한 듯 본인의 말에 면죄부를 주는 변명이 달려 있다. "그냥 개인적 의견이니 기분 나쁘게 생각하진 마요~."

행여 치졸한 사람으로 낙인찍힐까 싶어 삭제도 반박도 못한 채, 나는 하루에도 몇 번씩 그 배려 없는 말들을 곱씹었다. 때로는 댓글이 지적한 단점을 스스로 들춰내며 우울해하기도 하고, 때로는 누군가의 '개인적 의견'을 쿨하게 넘기지 못하는 자신을 질책하기도 했다.

"기분 나쁘지 말라"는 명령 자체가 타인에 대한 무례요, 침해라는 사실을 깨달은 것은 최근의 일이다. 여느 때처럼 비판을 빙자한 악플을 읽으며 침울해 있는데, 문득 이 상황 자체가 우습게 느껴졌다. 아니, 내 기분을 왜 당신이 결정하는 건데? 기분이 나쁠지도 모른다고 생각하면 시답잖은 변명을 할 게 아니라 아예 말을 말아야지!

나는 큰맘 먹고 그동안 내내 눈에 밟혔던 외모 지적 댓글을 지워버렸다. 오래도록 방치해서 더러워진 방을 마음먹고 청소한 듯한 개운함을 느끼면서. 내게 유감스러운 일을 결정할 권리, 그것은 분명 내게 있었다.

23

마크 트웨인
《허클베리 핀의 모험》

그게 어떤 이들의 사는 방식이야.
그들은 이해할 수 없는 것을 비난하지.

That is just the way with some people.
They get down on a thing
when they don't know nothing about it.

악플 얘기가 나와서 말인데, 나는 보통 공격적인 댓글에 따로 답을 달지 않는다. 내 잘못도 아닌 일을 굳이 해명하고 싶지도 않을뿐더러, 어차피 얘기가 통하지 않으리라 생각하기 때문이다. 하지만 지금까지 꼭 한 번, 악플러에게 답변을 하고 싶어 전전긍긍했던 적이 있다.

퇴사와 프리랜서 독립 과정을 담은 에세이《회사 체질이 아니라서요》의 예약판매가 시작된 날이었다. 정식 출간까지는 시간이 남아 있었지만, 출판사에서 책 제목과 표지를 미리 공개하고 예약자들에게 선물을 증정하는 이벤트를 진행하기로 결정한 터였다.

예약 오픈 후 몇 시간쯤 지났을까, 슬슬 기대평 코너에 댓글이 달리기 시작했다. 하지만 두근대는 마음으로 스크롤을 내리던 내 마음은 첫 글을 읽자마자 쿵 내려앉았다. "제목만 봐도 알겠다. 팔자 좋은 금수저가 선동질하는 책이네. ××(심한 욕설)."

책에 대한 첫 반응이 욕이라는 사실보다, 퇴사 후 생계를 유지하기 위해 발버둥 쳤던 그간의 노력이 아무것도 모르는 사람에 의해 너무 쉽게 짓밟혔다는 생각에 눈물이 핑 돌았다. 나는 떨리는 손으로 답글 버튼을 찾았다. 그 사람에게 전하고 싶었다. 내가 담고자 했던 얘기는 그런 게 아니라고. 욕을 하더라도 내용을 한 페이지라도 읽은 다음에 해달라고. 하지만 그 사이트에는 답글 기능 같은 것이 없었고, 내 호소를 전할 방법은 존재하지 않았다.

나오지도 않은 책을 두고 욕부터 배불리 먹었던 그 순간은 내 안에 악플과 관련된 가장 강렬한 기억으로 남아 있다. 그때의 감정은 잔상이 되어 이따금씩 잔잔한 파도처럼 밀려온다. 그 글을 썼던 사람은 결국 내 책을 읽었을까? 혹시 읽었다면, 댓글을 달 때 느꼈던 그 감상은 여전히 유효할까? 막상 읽어보니 나쁘지 않더라고 멋쩍게 사과하는 그에게 괜찮다고 대답하는 꿈을, 나는 지금도 가끔씩 꾼다.

24

스티븐 킹
《캐리》

**실제로 자신이 남들을 얼마나
상처 입히는지 깨닫는 사람은
거의 없어!**

But hardly anybody ever finds out
that their actions really, actually,
hurt other people!

월세가 유일한 임대 옵션인 대다수 국가와 달리, 우리나라에는 전세와 반전세라는 특수한 제도가 있다. 내 집을 구입할 수 있다면 가장 좋겠지만 그렇지 못한 상황이라면 월세보다 반전세가, 반전세보다 전세가 유리한 선택이다. 전세 보증금을 대출받을 때 부과되는 이자가 매달 나가는 월세보다 훨씬 저렴하기 때문이다. 이런 마당에 나처럼 10년 이상 월세민으로 살고 있는 사람은 주변에서 이런 훈수를 수도 없이 듣는다. "월세 안 아까워? 왜 집주인 좋은 일만 시켜줘? 대출 받아서 전세로 옮기는 게 훨씬 이익이야~."

물론 나도 월세가 아깝다. 전세로 옮기는 편이 훨씬 이익이라는 사실도 안다. 그런데도 이런 생활을 고수하는 것은 당연히 돈이 모자라기 때문이다. 당장 서울에 전셋집을 얻을 수 있을 만큼의 잔고가 없음은 물론이요, 수입도 불안정하고 4대보험도 없는 프리랜서의 특성상 전세 대출도 쉽지 않다. 경제적으로 효율적인 선택을 하기 위해서는 때로 적지 않은 종잣돈이 필요한데, 지금의 내게는 그것이 없다.

그럼에도 불구하고, 나는 월세로 유지하는 이 집을 사랑한다. 넓진 않지만 볕이 잘 들고, 전철역이 가까워서 면허가 없는 나도 어디든 편하게 갈 수 있다. 책장에 꽂힌 책부터 찬장에 정리된 그릇까지 모든 부분에 내 취향이 녹아 있다. 나는 이 편안하고 아늑한 공간을 매달 열심히 일해서 번 돈으로 지키고 있으며, 그 사실에 자부심을 느낀다.

그런데 어떤 사람들의 어떤 말은 내 소중한 집을 한순간에 초라한 월세방으로 만들어버린다. 그들의 논리에 따르면 소소한 일상을 꾸려 나가는 내 노력은 집주인 좋은 일만 시켜주는 바보짓이다. 경제적으로 옳은 조언이 꼭 사회적으로도 옳은 조언은 아님을, 그들은 모른다. 내 행복을 깎아먹는 것이 매달 나가는 월세가 아니라 자신의 무신경이라는 사실 또한 이해하지 못할 것이다.

25

샬럿 브론테
《제인 에어》

내겐 언제나
자존심보다 행복이 더 중요해요.

I would always rather be happy
than dignified.

나는 번역가라는 직업을 통해 프리랜서 세계에 입문했다. 지금은 글과 그림, 영상을 포함해 다양한 일을 하고 있지만, 이 모든 활동의 출발점은 영어로 된 책을 우리말로 옮기는 출판번역이었다. 좋은 책을 한 줄 한 줄 옮기며 자연스레 훈련한 문장을 바탕으로 나만의 글을 쓰기 시작했고, 그 글에 친근함과 임팩트를 더하고자 그림을 넣기 시작했고, 이러한 과정 자체를 궁금해하는 사람들이 있으리라는 마음에 영상을 찍기 시작했다. 하지만 이 모든 여정의 시작은 번역이었다.

그런 의미에서, 번역은 내 프리랜서 인생의 뿌리라고 할 수 있다. 목표를 이루는 데까지 들어간 시간과 노력만 놓고 봐도 번역가 데뷔는 내가 스스로 이뤄낸 가장 치열한 도전의 결과물이었다. 첫 글을 쓸 때는 번역가라는 타이틀이 있었고, 첫 영상을 찍을 때는 번역가 겸 작가라는 타이틀이 있었다. 하지만 첫 역서를 따낼 때는 아무런 타이틀도 없었다. 나는 관련 경력도 없고, 해외 학교를 나오거나 외국에서 살다 온 사람도 아닌, 말 그대로 꿈 하나 갖고 호기롭게 회사를 박차고 나온 백수에 불과했다. 밑바닥에서 출발해서 첫 역서를 맡고 번역계에서 자리를 잡아갔던 과정은 말 그대로 길고 긴 고행의 연속이었다. 내가 여러 직업 중에서도 번역가라는 정체성을 가장 소중히 여기고, 아무리 바빠도 틈틈이 번역 작업을 놓지 않으려 노력하는 것은 아마도 이런 이유 때문일 것이다.

하지만 내가 이 직업에 사랑과 자부심을 느끼는 바로 그 포인트에서, 때로는 속상한 말과 시선을 감내해야 하는 순간이 있다. 번역가는 변호사나 회계사와 달리 특별한 자격시험이 없고, 의사나 약사처럼 특정한 학과를 나와야만 할 수 있는 것도 아니다. 통번역대학원이라는 교육기관에서 훈련한 인재들이 출발선상에서 유리한 고지를 점하는 것은 사실이지만(물론 이것은 그들이 마땅히 누려야 할 노력의 보상이다), 한 명의 번역가를 끝까지 살아남게 해주는 것은 결국 번역 실력과 업계의 평판이다. 그런데 실력과 평판은 자격증처럼 한눈에 증명할 수 있는 것이 아닌 만큼 종종 그 가치가 폄하된다. 특히 나처럼 통번역대학원을 거치지 않고 제로베이스에서 실무 경력을 쌓아온 사람은 때로 업계 외부와 내부에서 동시에 들어오는 이중 펀치에 '멘탈'을 지키기 힘들 정도로 두들겨 맞곤 한다.

외부 펀치의 대표적 사례는 단연 '나도 번역이나 해볼까' 공격이다. 특히 요즘은 영어 교육이 보편화되면서 중간 이상의 어학 실력을 지닌 인구가 많다 보니, 책 번역을 가벼운 부업쯤으로 여기는 사람들이 꽤 있다. 피땀 흘려 손에 넣은 내 직업에 대해 쉽게 말하는 것만으로도 얄미운데, 개중에는 그런 안일한 태도로 실제 일감까지 요구하는 낯 두꺼운 이들도 있다. 본인의 토익 점수나 영어 관련 전공, 심지어 회사에서 영어로 이메일을 써본 경험까지 언급하며 번역 일을 '한번 해보고 싶으니' 출판사나 에이전시와 연결해달라고 부탁하는 것이다. 일단 나는 내 코가 석 자인 일개 프리랜서로서 누구와 누구를 연결시켜줄 만큼의 인맥이나 영향력을 갖고 있지 못하며, 일을 한번 해보고 싶은 정도의 가벼운 마음을 지닌 역자에게 책의 질이 좌우될 작업을 맡길 만큼 담대한 출판사도 알지 못한다.

하지만 내 직업적 자부심이 꼭 업계 밖에서만 시험대에 오르는 것은 아니다. 내가 한 에세이에서 위와 같은 번역가의 고충을 언급했을 때, SNS에 장문의 비난조 서평이 올라왔다. 에세이 자체보다도 더 길었던 그 글의 요지를 간단히 요약하자면 다음과 같다. "저자는 통번역대학원을 나오지도 않은 가짜로서, 감히 번역가를 사칭하고 있다. 저자에게는 그들의 생활이나 고충을 언급할 자격조차 없다." 글쓴이는 자신이 통번역대학원 출신의 '정통' 번역가이며, 우리나라에 통역가나 번역가가 되기 위한 자격시험이 없는 것은 맞지만 통번역대학원 졸업장이 '사실상' 자격증 역할을 하므로 그 권위를 인정해주어야 한다고 주장했다.

밖에서는 내 일을 누구나 할 수 있는 가벼운 부업으로 치부하고, 안에서는 내 일이 대단한 자격을 갖춰야만 할 수 있는 고매한 특권이라 말한다. 그 사이에 낀 나는 이리 치이고 저리 치이며 하루에도 천 번씩 흔들릴 수밖에 없다. 이런 내 나약한 마음을 지탱해주는 가장 큰 버팀목은 바로 내가 사랑하는 일, 번역이다. 사는 내내 책과 언어와 글쓰기에서 기쁨을 찾았던 나는 회사를 그만두면서 망설임 없이 출판번역가라는 목표를 택했다. 지식과 철학, 유머와 위트가 담긴 문장을 꼭꼭 씹어서 우리말로 옮기는 과정은 다른 무엇과도 비교할 수 없는 즐거움이다. 내게 책을 맡겨주는 감사한 출판사가 있고, 내가 옮긴 책을 읽어주는 더 감사한 독자들이 있는 한, 나는 간혹 자존심에 어퍼컷을 맞고 휘청거릴지언정 다시 털고 일어나 내게 행복을 주는 이 일을 계속할 것이다.

26

윌리엄 셰익스피어
《헨리 5세》

말이 적은 사람이
가장 좋은 사람이다.

Men of few words are the best men.

한번은 형사사건을 주로 다루는 변호사 지인이 이런 얘기를 했다. 변호사로서 가장 힘들 때는 클라이언트와 대화의 '핑퐁'이 전혀 되지 않을 때라고. "음주운전을 했습니까?"라고 물으면 "네, 했습니다" 혹은 "아니요, 하지 않았습니다"라는 답이 명확히 나와야 다음 얘기가 진행되는데, "변호사님, 제가 그때 얼마나 힘들었냐면요…" 하면서 감정에 호소하는 사연만 주절주절 늘어놓고 정작 중요한 대답은 회피하는 이들이 꽤 많다는 것이다. 당연한 얘기지만, 이런 고객님(?)들은 백이면 백 켕기는 구석이 있다.

아, 법조인은 스마트하게 법전만 들여다보면 되는 줄 알았더니 저런 고충도 있구나, 싶으면서 한편으로는 그의 답답한 상황에 여러모로 공감됐다. 변호사와 100만 광년쯤 떨어진 일을 하지만, 생각해보면 나도 저런 종류의 답답함을 일상적으로 겪어왔다. 직장에 다닐 때, 경제의 어려움이나 공동체의 미덕을 장황하게 설파하는 높으신 분들의 연설 뒤에는 어김없이 휴가 반려와 초과 근무가 따라왔다. 프리랜서가 된 뒤에도 작업과 아무 상관 없는 사정을 구구절절 덧붙이는 거래처와의 계약에는 높은 확률로 부당한 조건이 달린다.

'미안해서'라고, 그들은 생각할지 모른다. 미안함과 겸연쩍음을 그런 식으로 표현하는 것이라고. 하지만 받아들이는 사람의 입장은 조금 다르다. 나는 그들이 '도망친다'고 생각한다. 그들은 본인의 책임을 희석하고 문제에서 발을 빼기 위해 사정을 방패 삼아 도망치는 것이다.

미안한 마음을 진심으로 표현하고 싶다면, 길고 구차하게 상황을 에두르기보다 간결하고 솔직하게 핵심을 고백하는 편이 낫다. 그리고 그보다 더 좋은 방법은 애초에 미안할 일을 만들지 않는 것이다.

27

엘리자베스 길버트
《먹고 기도하고 사랑하라》

나는 괴로워하기보다 행복하기로 했어.
그게 내 선택의 의미야.

I'm choosing happiness over suffering,
I know I am.

직장인 시절 미워하는 사람이 있었다. 그 사람 때문에 회사를 그만뒀다고까지 말할 수는 없지만, 퇴사 이유 중에 그로부터 받은 고통이 한 부분을 차지했음은 분명하다. 직급이 한참 높은 상사였기에 드러내놓고 반발할 수는 없었지만, 그와 함께 일을 할 때면 아플 때도 떨어지지 않던 입맛이 뚝 떨어지면서 하루 종일 속이 거북했다.

퇴사를 하고 얼마 후, 송별회를 겸하여 전 팀원들과 다시 뭉친 자리에서 한 대리님이 말했다. "메리 씨가 싫어하는 ○○, 지금은 그 업무 안 맡는데. 조금만 더 버티지 그랬어." 나름대로 포커페이스를 유지해왔다고 생각하던 나는 깜짝 놀라 물었다. "제가 그분 안 좋아하는 거 어떻게 아셨어요?" "그걸 누가 몰라. 그렇게 티가 팍팍 났는데."

그 뒤로도 나는 전 직장 사람들의 입을 통해 그의 이야기를 자주 들었다. 심지어 퇴사한 지 몇 년이 지난 시점까지도 잊을 만하면 한 번씩 그의 근황을 업데이트 받았다. 어디로 발령이 났다는 둥, 어느 팀 누구와 싸웠다는 둥. 그제야 깨달았다. 내가 그에 대한 나쁜 표현을 스스로 생각한 것보다 훨씬 많이, 강하게 했었다는 것을. 내가 좋아했던 사람, 진짜 안부가 궁금한 사람도 많은데, 가장 자주 듣고 자세히 아는 것은 이상하게도 제일 싫어했던 사람의 소식이다.

그때마다 조금씩 쌓이는, 불필요한 정보에 의한 짜증과 피로는 분명 과거의 내가 무심코 저지른 잘못의 결과다. 그 사실을 반성하며, 요즘의 나는 다른 사람에 대한 얘기를 할 때 한층 신중한 태도를 보이려 노력한다. 특히 싫은 사람 이야기가 화두에 오르면 감정에 휩쓸려 저도 모르게 험담을 내뱉지 않도록 주의한다. 미운 이를 배려해서가 아니다. 내 소중한 마음을 지키기 위해서다. 괴로운 기억을 되새길 시간에 행복한 추억만 채워 넣고 싶어서.

28

허버트 조지 웰스
《투명 인간》

난 평범한 사람이오.
다만 투명할 뿐이지.

I am just a human being.
But I’m invisible.

프리랜서의 일상을 얘기할 때 진상 고객 스토리를 빼놓을 수 없다. 형편없이 낮은 단가에 피카소 급 퀄리티를 요구하는 곳, 온갖 핑계로 야금야금 추가 업무를 던지는 곳, 대금 입금을 차일피일 미루는 곳 등등.

그중 으뜸은 당연히 돈 문제로 장난을 치는 진상이다. 그 어떤 직업적 보람도 기본적인 생계보다 앞설 수는 없는데, 돈을 안 주거나 적게 주거나 늦게 주면 너무나 당혹스럽다. 하지만 돈은 숫자로 명시된 객관적 지표이므로 부당한 상황에서 대처 방안도 분명한 편이다. 계약서를 들고 따질 수도 있고, 최악의 경우 소송을 걸 수도 있다. 나 같은 경우 고객과 내가 계산한 금액에 차이가 있어서 설명이 필요했던 적도 있고, 정산이 수개월씩 미뤄져서 몇 번씩 확인 전화를 했던 적도 있지만, 결과적으로 돈을 아예 떼인 경험은 아직 없다.

반면 객관적인 지표도 없고, 계약에도 명시되지 않은 부분은 억울하거나 화가 나도 제대로 대응하기가 어렵다. 그중에서 내가 가장 싫어하는 진상 행태는 바로 프리랜서의 시간을 우습게 여기는 태도이다. 금요일 저녁에 일을 던지고 퇴근하면 당연히 월요일 오전에 결과물을 받아볼 수 있다고 여기는 사람이 생각보다 많다. 사정이 급하니 좀 도와달라고 저자세로 나와도 싫은 마당에, 태평하다 못해 당당하기까지 한 이도 부지기수다. "주말에 쉬면서 이것 좀 검토해주세요"라는 식이다. 쉬면서 검토를 하라니, 이게 무슨 말인지 저만 이해가 안 가나요…?

프리랜서는 대개 클라이언트와 같은 공간에서 일하지 않는다. 처음부터 끝까지 얼굴 한번 못 본 채 메일로만 소통하는 경우도 많다. 하지만 우리는 글자로만 존재하는 가상의 존재가 아니다. 금요일 저녁이면 설레는 마음으로 퇴근 준비를 하고, 그 순간 날아온 업무 지시에 억장이 무너지는 평범한 사람이다. 다만, 당장 눈에 보이지 않을 뿐이다.

29

조지 오웰 《1984》

이해받고 싶은 마음은
사랑받고 싶은 마음보다
더 클지도 모른다.

Perhaps one did not want to be loved so much as to be understood.

지금 내게는 종교가 없다. 굳이 '지금'이라고 시기를 한정한 것은 지금껏 살면서 다양한 종교에 조금이나마 신앙심을 품어본 적이 있고, 앞으로 남은 시간 동안 또 어떤 내면의 변화가 일어날지 알 수 없기 때문이다.

내가 최초로 가졌던 종교는 천주교다. 네다섯 살 무렵 천주교 재단에서 운영하는 유치원에 다니면서 자연스레 그런 정체성을 지니게 되었다(여담이지만, 내 필명인 '메리'는 그때 수녀님이 붙여주신 세례명 '마리아'에서 따왔다). 그다음으로 내 인생에 들어온 종교는 기독교였다. 이번에는 조금 더 자발적이었는데, 초등학교에 입학해서 친해진 친구가 교회에 가면 떡볶이랑 피자를 많이 준다길래 내 발로 따라갔다.

친구 말처럼 교회에서는 정말 떡볶이랑 피자를 줬다. 매주 바뀌는 간식 메뉴에 따라 어묵과 팝콘과 빵도 먹을 수 있었다. 나는 자상한 선생님과 재밌는 청년부 언니 오빠를 잘 따랐고, 학교 친구들과는 또 다른 아이들과 노는 시간도 좋아했다.

그즈음 성경 공부 시간에 '지옥'이라는 개념을 배웠다. 발음하기도 힘든 선지자들의 이름이나 기독교 역사의 주요 사건은 너무 어려워서 다 까먹었지만, 지옥을 묘사한 무섭고 충격적인 이야기는 머릿속에 생생히 각인되었다. 선생님은 교회에 다니지 않으면 무조건 지옥에 가게 된다고 했다. 아무리 착하고 좋은 일을 많이 한 사람도 기독교를 믿지 않으면 절대 천국에 갈 수 없다고 했다.

그 말을 듣고 가장 먼저 떠오른 사람은 우리 할아버지였다. 내가 세상에서 제일 사랑하는 우리 할아버지. 우주에서 1등으로 착하지만 교회는 안 다니는 우리 할아버지.

집으로 돌아온 나는 당장 할아버지에게 달려가 교회에 함께 나가자고 졸랐다. 그래야 지옥에 안 가고 나랑 같이 천국 갈 수 있다고, 선생님이 그러는데 할아버지처럼 착한 사람도 하나님 안 믿으면 천국에 못 간다더라고 호소했다. 할아버지는 귀여워하던 손녀의 응석을 웃으며 받아주었지만 그렇다고 해서 나를 따라 교회에 나가주지도 않았다. 며칠 동안 온 힘을 다해 떼를 써봐도 '헌금이나 받아먹는 종교 따위 믿지 않는다'는 할아버지의 태도는 확고했다. 어린 마음에 내 청을 들어주지 않는 할아버지가 그렇게 원망스러울 수 없었다. 용돈을 달라는 것도 아니고, 과자를 사달라는 것도 아닌데. 순수한 사랑에서 우러나온 부탁을 대체 왜 못 들어주신다는 거야?

결국 나는 설득이 어렵다는 사실을 받아들일 수밖에 없었다. 하지만 할아버지에게 천국행 입장권을 선물하고 싶다는 마음까지 포기할 순 없었다. 나는 전략을 바꾸기로 결정했다. 목석같은 할아버지의 마음을 움직이는 대신, 그분을 천국에 받아달라고 하나님에게 부탁하기로.

그날부터 밤마다 눈물 어린 기도가 시작되었다. "하나님, 우리 할아버지는 정말 착한 사람이에요. 제발 지옥에 보내지 마세요. 제가 할아버지 몫까지 두 배로 기도할게요. 딱 한 사람만 봐주시면 안 돼요?"

내 사랑을 몰라줬다는 원망과 별개로, 나는 할아버지를 이해해야 한다는 것을 알았다. 그분 또한 나를 이해하고 있었으니까. 종교 자체를 마뜩찮게 생각하던 분이지만, 할아버지는 일요일마다 교회에 나가거나 본인이 준 용돈으로 100원, 200원씩 헌금을 내는 나를 결코 타박하지 않았다. 우리는 그렇게 서로의 자리에서 최선을 다해 서로의 모습을 있는 그대로 받아들였다.

세월이 흐르고 교회와 무관한 여러 관심사가 생기면서 기독교에 대한 내 열정은 저절로 사그라졌다. 대학에 들어간 이후 요가와 마음챙김 수련에 매력을 느끼면서 불교에 얕은 관심을 가진 적도 있지만 그 이상 심취하지는 않았다. 지금의 나는 성탄절과 부처님 오신 날을 '빨간 날' 중의 하루로만 여기는 평범한 비종교인이 되었다.

반면, 이제 아흔을 넘긴 우리 할아버지는 얼마 전부터 교회에 다니기 시작했다. 종교가 주는 위안을 통해 마음의 평화도 찾고, 동네 교회에서 노인 분들과 어울리며 활력도 얻으시는 모양이다. 예배 참석은 할아버지의 주요 주말 일정이 되었고, 통화할 때도 어디시냐고 물으면 주로 "교회에 있다"라는 답을 들을 수 있다.

할아버지와 나의 종교관은 또다시 갈라졌다. 하지만 그분이 고향 동네의 교회 의자에 앉아 누구를 위해 기도하는지, 나는 묻지 않아도 알 수 있다. 서울에 사는 무교 손녀가 온 마음을 다해 당신의 행복을 기원한다는 것을, 할아버지는 또한 잘 알고 계신다. 몸이 떨어져 있고 바라보는 방향이 달라도 우리는 서로를 이해한다. 때로는 그것이 가장 중요하다.

30

생텍쥐페리
《어린 왕자》

하지만 사람들과 함께 있어도
외롭긴 마찬가지야.

지인의 소개로 합류해서 이따금씩 만남을 이어온 모임이 있다. 아니, 있었다. 음식 취향도 대화 코드도 잘 맞아서 막상 만나면 즐거운 시간을 보냈지만, 모임 시간을 잡는 과정에서 늘 잡음이 생겼다. 그 한가운데에는 보통 내가 있었다.

나를 제외한 멤버는 대부분 회사원이나 자영업자로, 쉬는 날과 퇴근 시간이 비교적 명확했다. 반면 나는 정해진 업무시간이 아니라 마감에 따라 움직이는 프리랜서고, 평일 업무가 몇 시에 끝날지 당일까지도 예측이 어려웠다. 사정이 이렇다 보니, 나는 보통 저녁 약속을 마감일 몇 주 전에 미리 잡아두는 편이다.

하지만 그 모임에는 약속 날짜가 다 되어 스케줄을 바꾸는 멤버가 유난히 많았다. "얘들아, 나 수요일에 급한 출장이 잡혔어. 우리 모임 하루만 미루면 안 될까?" 누군가 불쑥 이런 얘기를 꺼내면 나는 매번 혼자 전전긍긍했다. "그러지 뭐~"라고 쉽게 말할 수 있는 다른 사람들과 달리, 나는 직업상 며칠 사이에 일정을 바로 조정하기가 어려웠기 때문이다(프리랜서가 이토록 프리하지 못한 직업입니다).

"나는 수요일이 아니면 2주 후에나 시간을 뺄 수 있어서…." 매번 이렇게 말해야 했던 나는 스케줄을 조정하는 내내 유난 떤다는 야유를 받았다. 분명 다 함께 약속을 잡았고, 그 약속을 어긴 건 다른 사람인데, 가장 많이 변명하고 사과하는 사람은 늘 나였다. "그냥 마감 째고 나와버려" 같은 무신경한 말을 듣는 것도 스트레스였다.

결국 나는 그 모임에서 나오기로 했다. 처음에는 미안하고 찜찜했지만, 차츰 해방감과 편안함이 더 커졌다. 사과와 변명이 필요 없는 만남으로 휴일을 채우고 난 후에야 내가 놓치고 있던 인간관계의 본질이 조금씩 눈에 들어왔다. 세상에는 내 상황을 이해해주는 사람, 나를 고립시키고 외롭게 만들지 않는 사람이 더 많다는 것을.

31

로힌턴 미스트리
《적절한 균형》

사람 얼굴은 한정된 공간이고,
웃음을 채우면 슬픔이 들어갈 자리가
없어지지.

The human face has limited space.
If you fill it with laughter
there will be no room for crying.

최근 마음이 힘든 일을 했다. 업무 내용은 이해할 수 없는 쪽으로 야금야금 달라졌고 스케줄은 내 일정을 깡그리 무시한 채 수시로 바뀌었다. 어차피 일이니까, 돈 벌려고 하는 거니까, 시키는 대로 움직이자고 자신을 타이르며 겨우 마무리는 했지만 끝날 무렵에는 내 직업 자체에 대한 자괴감이 감당하기 어려울 만큼 부풀어 있었다.

얼마 후 날아온, 작업비를 입금해주겠다는 메일로도 다친 자존감은 회복되지 못했다. 마음 같아선 돈조차 받고 싶지 않았지만 현실을 생각하면 그럴 수도 없었고, 그 지긋지긋한 '현실'을 생각하니 속상함이 더욱 커졌다. 그렇게 우울과 자책으로 오염된 마음을 안고 며칠을 보냈다.

'돈을 받자. 그리고 시원하게 써버리자.' 이런 생각이 든 것은 캔 맥주를 마시며 '때려칠까'와 '때려치면 어쩌려고' 사이를 100번쯤 왕복했을 때였다. 스마트폰을 켜서 일정을 확인하니 작업을 이리저리 옮기면 주말 시간을 겨우 뺄 수 있을 것 같았다. 나는 친구들에게 단체 문자를 보냈다. "주말에 여행 가자. 다들 못 오면 혼자 가도 되니까 무리하진 말고, 대신 누구라도 오면 숙박비는 내가 쏨!"

정말 혼자라도 갈 심산이었는데, 무려 다섯 명이 손을 들었다. 서울 근교의 펜션으로 떠난 우리는 야외에서 고기를 굽고, 별것 아닌 수다에 배가 터지게 웃고, 새벽에는 우르르 별을 보러 나갔다. 큰맘 먹고 경비를 대려고 했지만, 숙박비가 굳은 친구들이 고기를 사고 단체 티까지 맞춰 오면서 결국 특별히 큰 지출을 한 셈도 아니게 되었다.

탁 트인 자연에서 별을 보며 마신 맥주는 며칠 전의 그 씁쓸한 맛이 아니었다. 그 여행이 계약서에 적힌 내 무력한 위치를 조금이라도 올려준 것은 아니다. 하지만 한정된 마음 공간에 행복한 기억을 들이부은 순간, 바닥 깊숙이 웅어리져 있던 무력감은 두둥실 떠올라 어딘가로 떠내려가버렸다.

이디스 워튼
《순수의 시대》

**진짜 외로움이란
네게 가짜 모습을 강요하는 사람들
사이에서 산다는 거야.**

The real loneliness is living among
all these kind people
who only ask one to pretend!

프리랜서가 힘든 시기는 크게 두 가지로 분류할 수 있다. 첫째, 일이 없어서 손가락만 빠는 시기. 둘째, 일이 너무 많아서 그 무게를 감당하지 못하는 시기. 몸담은 분야와 관계없이 프리랜서라면 누구나 이 두 지옥 사이에서 매일같이 외줄타기를 하며 살아간다. 그리고 아무리 섬세하게 균형을 잡아도 때로는 '한가 지옥'에, 때로는 '과로 지옥'에 퐁당 빠지고 마는 것이 이 바닥의 숙명이다.

업무적 고충에 따라 지인의 유형 또한 자연스레 두 종류로 나뉜다. A유형의 지인은 한가 지옥의 괴로움을 하소연할 수 있는 그룹이다. B유형은 여기에 더해 과로 지옥의 고통까지 솔직히 나눌 수 있는 이들이다.

A유형은 많다. "이번 달에는 일이 전혀 없네. 마이너스로 버텨야 할 것 같아." 이런 사정을 털어놓으면 상대가 소시오패스가 아닌 이상 따뜻한 위로를 기대할 수 있다. 하지만 B유형은 많지 않다. "벌써 몇 주째 못 쉬었어. 스트레스가 심하고 체력적으로도 너무 힘들어." 이런 호소에는 낮지 않은 확률로 모질거나 시큰둥하거나 고충의 정도를 깎아내리는 반응이 돌아온다. "배부른 소리 한다." "돈 많이 벌었겠네~." "그래도 일 없는 것보다는 훨씬 낫지 않아?"

사회생활을 하며 만나는 사람들은 대개 A유형이다. 바쁜 시기의 인간관계가 유독 지치게 느껴지는 것은 아마도 이 때문일 것이다. 근황을 묻는 질문에 힘든 기색을 숨기고 "좀 바쁘긴 한데, 그래도 감사한 일이죠"라고 밝게 대답해야 하는 모임이 끝나면 종종 견딜 수 없는 외로움이 찾아온다. 이러한 공허감의 치료제는 진짜 내 사람, B유형의 목소리다.

"나 정말 힘들어 죽겠어…." 힘없이 징징대는 내 말에, 수화기 너머 따뜻한 목소리가 투박하게 대답했다. "안 되겠다. 너 그 일 때려치워. 거지 되면 내가 매달 라면 한 박스씩은 보내줄게."

33

알베르 카뮈
《이방인》

사장을 언짢게 하지 않았다면
더 좋았겠지만,
어쨌든 나는 내 삶을 바꿀 이유를
찾을 수 없었다.

'프리랜서의 일과 생활'이라는 강연에서 내가 일감을 받을 때 고려하는 기준을 공개한 적이 있다. 스케줄이 가능하다는 전제하에, 나는 세 가지 조건을 따져서 작업 의뢰를 수락할지 말지 결정하는 편이다. 첫째, 단가가 괜찮은가? 억만금을 바라는 것이 아니라, 최소한 그 업무에 대한 업계 표준 단가를 제대로 지키는지 확인하는 것이다. 둘째, 경력에 도움이 될 만한 일인가? 의뢰한 회사나 협업의 내용을 포트폴리오에 기재했을 때 플러스 요소가 될지 판단하는 것이다. 셋째, 재미있어 보이는가? 돈도 돈이지만, 하고 싶은 일을 하는 것이야말로 프리랜서의 가장 큰 특권이다. 따라서 의뢰받은 작업이 얼마나 흥미로운지 또한 진행 여부를 결정하는 중요한 요소가 된다.

이 셋 중에 한 가지 조건만 맞으면, 나는 일정 문제가 없는 한 그 작업을 받아들이려고 한다. 작업비를 잘 쳐주는 일은 재미가 없어도 열심히 하고, 경력에 도움이 될 만한 일은 돈이 되지 않아도 기꺼이 한다. 한편으로는 통장에도 이력서에도 딱히 플러스가 되지 않겠지만 재미있어 보인다는 이유만으로 망설임 없이 받아들이는 건도 있다. 하지만 셋 중 어디에도 해당되지 않으면, 다시 말해서 돈도 안 되고 경력에 도움도 안 되며 흥미도 없는 일은 가급적 받지 않으려고 한다.

내 입에서 이런 설명이 나온 시점에 청중들의 표정은 시큰둥했다. 충분히 예상했던 반응이다. '당연한 거 아니야?' 많은 이들이 눈빛으로 말했다. '돈도 안 되고 경력에도 안 좋고 재미도 없는 일을 누가 하겠어?' 하지만 지금 당장이든 먼 미래에든 독립 근무자로 살고 싶다는 꿈을 꾸며 이 자리를 찾았을 그분들에게, 나는 정확한 현실을 알려줄 필요가 있었다. 프리랜서의 일은, 특히 업계의 룰을 잘 모르는 신인 프리랜서에게 주어지는 일은 많은 경우 이 세 가지 분류 어디에도 해당되지 않는다.

이것은 경험에서 우러나온 조언이다. 내가 정한 이 조건은 프로로서 어떠한 보람도 흥미도 느낄 수 없고, 경력이라고 말하기 창피할 만큼 자질구레하고, 그러면서 페이는 라면 값도 대기 힘들 만큼 짜디짠 작업의 쳇바퀴에 갇혀 몸은 몸대로 축나고 시간은 시간대로 낭비한 몇 년의 세월 끝에 내린 나름의 결단이었다. 이러한 함정에 빠지지 않고 심리적으로든 금전적으로든 인간다운 생활을 영위하고 싶다면 일을 받을 때 자기만의 조건을 세우고 철저히 지켜야 한다. 사람마다 성격과 상황이 다를 테니 모두의 조건이 내 것과 같을 필요는 없겠지만, 최소한 자기 자신을 지킬 수 있는 마지노선을 정하고 온 힘을 다해 그 선을 지켜야 한다는 룰은 모든 프리랜서에게 적용된다.

물론 신인에게는 어느 정도 인내의 시간이 필요하다. 조직의 테두리 밖에서 나만의 터전을 만들고자 하는 사람이라면 누구나 언젠가 찾아올 안정의 날을 꿈꾸며 당장 성에 차지 않는 조건으로 마음에 들지 않는 일을 해야 할 때가 있다. 그럼에도 불구하고, 프리랜서가 아니라 한 명의 인간으로서, 우리는 경력이나 인지도와 관계없이 마땅히 누려야 할 최소한의 인권을 갖고 있다. 그러나 세상에는 그 기본권마저 무시하는 사람이 있으며, 안타깝게도 그들이 그럴 수 있는 이유는… 그럴 수 있기 때문이다.

내가 평소에 매우 많이 받는 메일이나 쪽지 중 하나가 초보 프리랜서 분들의 단가 관련 질문이다. '○○원에 이런 계약을 했는데, 이게 괜찮은 수준인가요?' 솔직히 말하면, 그중 상당수는 내가 경험해보지 않은 분야고 따라서 정확한 답변을 드리기가 곤란하다. 하지만 일단 내가 몸담고 있는 분야의 질문만 놓고 보면 상식적으로 납득이 가지 않는, 아무리 후하게 계산해도 최저시급을 한참 밑도는 단가를 제안받은 이들이 생각보다 많다. 그들에게 그런 금액을 부른 고객은 알고 있는 것이다. 아직 업계의 룰을 잘 모르는 초짜들을 이용하면 터무니없이 낮은 비용으로 일을 처리할 수 있다는 것을. "아직 경력이 모자라시잖아요" 하며 어르고, "원래 처음에는 다 이렇게 시작해요" 하며 달래고, "저 좀 도와주세요" 하며 정에 호소하면 사람의 노력과 시간을 헐값에 착취할 수 있다는 것을.

이런 대접을 피하고 싶다면 우선 최대한 정보를 모으고 본인의 상황을 객관적으로 파악하며 자신만의 기준을 만들어야 한다. 하지만 그보다 더 중요한 것은 실제 계약을 할 때 그 기준을 적용하는 용기다. "조건이 맞지 않습니다." "어렵습니다." 이런 얘기를 하기는 누구에게나 어렵다. 먼저 부당한 요구를 한 건 그쪽이면서 막상 내가 거절하면 배가 불렀다는 둥, 세상 물정을 모른다는 둥 퉁명스럽게 대응하는 상대의 반응을 보는 것도 심적으로 힘들다. 하지만 그런 괴로움이 두려워 내 선을 포기한다면 결국 남들만 웃고 나는 우는 결말로 끌려갈 수밖에 없다.

'내 삶'을 중심으로 생각하면 모든 게 명확해진다. 흔쾌한 승낙으로 상대를 기쁘게 해줄 수 있다면 좋겠지만, 이를 위해 자신의 삶을 희생할 이유는 없다. 애초에 나를 갈아 넣어달라는 요구를 거절하면서 고민을 해야 하는 상황 자체가 이상한 것이다.

34

에밀리 브론테
《폭풍의 언덕》

자존심 강한 사람들은
스스로 슬픈 일을 만들어내니까.

Proud people breed sad sorrows
for themselves.

선택의 실수를 인정하고 싶지 않은 일이 있다. 도전의 이유가 확실하고 쏟아부은 노력이 클수록, 최선을 다해 얻어낸 결과일수록, 그것이 잘못된 선택이었다는 사실을 도저히 인정하기 어렵다.

내게는 취업이 그랬다. 10년 넘는 세월을 공부에 바치고 4년간 스펙을 쌓아 얻어낸 고용계약이 기대한 만큼의 행복과 안정을 가져다주지 못하리라는 사실은 입사 첫해에 분명해졌지만, 나는 도저히 그 사실을 받아들일 수 없었다. 나약하다는 비난은 물론 괜찮냐는 걱정조차 듣고 싶지 않았다. 힘든 내색을 하는 순간 지난 세월 많은 것을 포기하며 매달렸던 노력이 다 무의미해질 것만 같았다.

마주하기보다 회피하기를 택했다. 자존심으로 눈을 가리고 오기로 귀를 막았다. 가족과 친구들에게는 거짓말을 했다. 좋다고, 편하다고, 할 만하다고. 주변 사람들은 내가 '널널한' 회사의 편한 보직에 근무한다고 생각했다. 그들은 순수한 마음으로 내 행운을 축하했다. 하지만 겉으로는 웃으면서도 내 마음은 편치 못했다. "좋겠다. 넌 정말 운이 좋은 거야." 꽁꽁 뭉친 괴로움을 숨긴 채 이런 말을 들으면 아무도 내 고생을 몰라주는 것 같아 짐짓 서운한 마음까지 들었다. 처음부터 진실을 외면한 건 내 쪽이었으면서.

서글프면서도 부끄러운 기억이다. 타임머신을 타고 그때의 나를 만날 수 있다면 한편으로는 토닥여주면서 다른 한편으로는 꾸짖어주고 싶다. 내가 오기와 자존심의 감옥에서 비로소 해방된 것은 심장이 터지도록 쌓인 괴로움이 폭발해서 엉엉 울며 무너졌던 날, 모양은 빠지지만 누구보다 솔직했던 바로 그 순간이었다.

실수를 인정하기란 여전히 어렵다. 속마음을 터놓는 것도 아직은 어색하다. 하지만 슬픔을 틀어막는 억지 미소는 이제 더 이상 짓고 싶지 않다. 경험으로 알게 된 사실인데, 꼭 웃어야만 복이 오는 건 아니더라.

35

제인 오스틴
《노생거 수도원》

내가 진정한 내 편을 위해서
하지 못할 일이란 없어.

There is nothing
I would not do for
those who are really my friends.

"메리야, 네가 범죄자가 되어도 난 무조건 널 사랑해." 엄마는 말했다.

언제 들었는지, 왜 들었는지, 도대체 내가 그 순간에 얼마나 무너져 있었기에 엄마 입에서 이런 말까지 나왔는지 자세히 기억나진 않는다. 아마도 중고등학생 무렵이었던 것 같고, 성적이 떨어지거나 친구 관계가 흔들리거나 (혹은 둘 다거나) 하는 사춘기 청소년의 전형적인 문제로 괴로워했던 느낌이 어렴풋이 남아 있을 뿐이다.

어쨌든 지금 이 순간 되살릴 수 있는 것은 목격자의 증언 같은 명백한 정황 기억이 아니라 도저히 어쩔 수 없을 만큼 시리고 쓰라렸던 그 순간의 마음뿐이다. 세상이 나를 사랑하지 않는다는 느낌. 내 삶에 아무런 가치도 없을지 모른다는 확신 섞인 두려움 같은 것들. 지나고 보면 별것 아닌 일이라도, 그 상황에 사로잡힌 당사자에게는 하늘이 무너지는 것만큼 괴로운 그런 시기를 아마도 나는 지나고 있었던 것 같다. 그런 내게 엄마는 말했다. 걱정 말라고. 무슨 일이 있어도, 세상 사람들이 다 손가락질할 죄를 저지른대도 나만은 너를 사랑한다고.

인생 대부분의 문제가 그렇듯, 어린 나를 벼랑 끝까지 몰아붙였던 그 힘든 문제는 시간의 흐름에 따라 자연스레 해결됐다. 그 과정 역시 제대로 기억나진 않지만, 기억조차 나지 않는다는 사실 자체가 그 문제의 사소함을 보여주는 증거이리라.

하지만 엄마의 말은 남았다. 그리고 내가 중심을 잃을 때마다, 폭풍 같은 감정에 휩쓸려 바른 삶을 놓아버리고 싶을 때마다 되살아나 나를 다독인다. 아이러니하게도, 한 사람에게 옳은 길을 걷고 싶다는 마음을 심어주는 것은 그런 말들이다. 비뚤어지면 버리겠다는 말이 아니라, 그럼에도 불구하고 사랑하겠다는 말들. 이 차가운 세상에서 우리가 비틀거리더라도 똑바로 나아갈 수 있는 것은 그런 말에 담긴 100퍼센트의 진심 덕분이다.

워싱턴 어빙
《알함브라》

운명이 그를 어떤 곳으로 보내든,
(···) 이 글을 읽는다면
우리의 그 모험적인 여정을 기억하길.

Wherever thrown by
the duties of his station,
(…) may they recall the scenes of
our adventurous companionship,

언젠가부터 '퇴사'와 '여행'은 짝꿍처럼 붙어 다니는 말이 되었다. 생각해보면 특이할 것도 없는 조합이다. 퇴사란 평범한 사람에게 (비록 일시적으로나마) 평생 누려보지 못했던 나만의 시간과 짭짤한 퇴직금을 보장해주는 선택이니까. 언젠가는 생계를 위해 다시 돈벌이를 시작해야 하더라도, 당장 주어진 경제적 · 시간적 자유를 그냥 흘려보내는 것은 너무 아까운 짓이다. 그래서 사람들은 떠난다. 끽해야 일주일 남짓한 휴가 때는 가기 어려웠던 멀고 신비롭고 이국적인 곳으로. 당장 내 친구들만 봐도 사직서 제출과 동시에 스페인 순례길이나 한 달짜리 배낭여행, 지구 정반대편에 있는 남미처럼 '지금이 아니면 못 갈' 땅으로 향하는 비행기 티켓을 예약했다.

하지만 이런 생각에 절절히 공감하면서도, 나는 회사를 그만둔 후에도 변변히 '퇴사 여행'이라고 불릴 만한 일탈을 하지 못했다. 소심한 성격 탓도 있었고, 돈과 시간이 아깝다는 마음도 있었지만, 가장 큰 이유는 남들보다 훨씬 불확실한 길을 택했다는 불안 때문이었다. 1, 2년 안에 유의미한 수입이 생긴다는 자신감만 있었다면, 나 또한 일하면서 부은 적금과 퇴직금의 일부를 헐어서 어디로든 훌쩍 떠났을 것이다. 하지만 현실적으로 봤을 때 맨바닥에서 맨주먹으로 시작하는 내 백수 생활이 그보다 더 길어질 가능성은 얼마든지 있었고, 그런 상황에서 몇 달치 월세에 해당하는 금액을 비행기 티켓과 숙소비로 덜컥 지불할 용기가 나지 않았다.

그리하여 내가 퇴사 후 첫 여행을 떠난 것은 자유의 몸이 된 지 1년도 더 지난 시점이었다. 전 회사에서 함께 일하던 분의 호의로 일주일에 이틀 출근하는 파트타임 사무직 자리를 얻은 직후였다. 그런 관점에서 보면 그것을 퇴사 여행이라고 불러야 할지, 입사 여행이라고 불러야 할지 잘 모르겠다. 티켓을 끊는 순간의 기분도 복잡다단했다. 딱히 내

세울 스펙도 없는 내가 경력단절녀의 장벽을 뚫고 일자리를 얻었다는 사실에 기뻐해야 할까? 고정 수입이라는 현실의 제약에 굴복해서 공연히 꿈에서 한 발짝 더 멀어진 게 아닐까? 어쨌든 한동안 내 인생에서 사라졌던 월급이 다시 들어오게 되었으니 이제라도 여행 한 번쯤은 떠나도 되지 않겠느냐는 생각이 들었고, 나는 그렇게 애매한 정체성으로 모호한 정체성의 여행을 준비했다.

행선지는 스페인이었다. 사실 나는 그 나라에 대해 아는 것이 많지 않았다. 피카소와 가우디의 고향이고, 과거에 '무적함대'라고 불리던 해군이 있었고, 현재는 그와 같은 별명을 지닌 뛰어난 축구팀이 있다는 것 정도? 여기에 더해, 스페인은 워싱턴 어빙의 《알함브라》의 무대가 된 알함브라 궁전을 품은 나라였다. 이 단출하면서도 굵직한 팩트는 내가 다른 수많은 후보를 제쳐두고 그곳을 역사적인 퇴사 겸 입사 여행의 행선지로 선택한 이유가 되었다. 그렇게 햇살이 쨍한 어느 늦여름, 나는 스페인어 회화 책 한 권과 《알함브라》를 챙겨 들고 태양의 나라로 떠났다.

여행의 황홀했던 순간들은 대부분 내 기억 속에만 남아 있다. 이 순간만큼은 현재에 100퍼센트 몰입하자고 다짐하고 떠난 여행이었기에 시간을 쪼개 기록을 남기지도 않았고 사진도 많이 찍지 않았다. 카메라를 꺼내 앵글을 조정하고 셔터를 누르는 시간도 아까웠다. 그저 눈앞에 펼쳐진 장면을 1초라도 더 바라보며 머리에 새겨 넣기 바빴다. 낮이면 회화 책에 의지해서 맛있는 스페인 요리와 지역 맥주를 즐겼고, 밤이면 침대에서 어빙의 여행기를 읽으며 이방인의 눈에 비친 스페인의 모습을 황홀한 마음으로 되감기했다.

여정의 하이라이트라고 할 수 있는, 알함브라 궁전이 위치한 그라나다 지역에 도착했을 때 나는 행복하다 못해 착잡한 심경이 되어 있었다. 나를 이곳으로 이끈 고성을 실제로 볼 수 있다는 설렘에 여행이 끝나간다는 아쉬움이 뒤엉켰다. 귀국하면 다시 애매하기 짝이 없는 반 직장인 반 프리랜서의 상황이 펼쳐지리라 생각하니 암담한 마음이 스멀스멀 피어올랐다. 그런 까닭에, 숙소에 대강 짐을 푼 뒤 그토록 기다리던 '알함브라 가이드 투어' 집합 장소로 향하는 내 발걸음은 마냥 가볍지 못했다.

약속 시간에 맞춰 모인 사람들은 대부분 커플이나 친구, 가족 단위였고, 드문드문 나 같은 혼자 여행객들이 뻘쭘하게 섞여 있었다. 인원이 다 모인 것을 확인한 가이드는 능숙하게 현지 택시를 불러서 이동을 준비했다. 서너 명이 짝을 지어 택시를 나눠 타고 산 중턱에 있는 알함브라 궁전 정문까지 가서 다시 모이는 코스였다. 일행이 없던 나는 가이드가 지정해준 대로 혼자 온 여자 여행객 세 명과 같은 택시에 올랐다.

도로가 막힌 탓에 이동에는 생각보다 오랜 시간이 걸렸다. 차 안 공기는 사뭇 어색했다. 평소 같으면 눈치 빠르게 말문을 터서 분위기를 띄웠을지도 모르지만 그 순간만큼은 별로 그럴 기분이 아니었다. 나를 제외한 나머지 사람들도 딱히 적극적인 성격은 아닌 듯했다. '이렇게 내성적인 사람들이 어째서 혼자 여행을 온 걸까?' 궁금하긴 했지만 나서서 질문을 던질 마음까지는 들지 않았다.

숨 막히는 분위기를 피하기 위해 눈을 감고 의자에 몸을 파묻으려는데, 갑자기 조수석에 앉아 있던 여자 분이 조심스레 입을 열었다. "저… 그거 아세요? 공사 때문에 그라나다 기차역이 폐쇄됐대요. 혹시 모르시는 분 있으면 참고하시라고요…."

그 말에 눈이 번쩍 뜨였다. 나는 다음 날 바로 그 역에서 기차를 타고 이동할 예정이었던 것이다. 게다가 그 정보를 몰랐던 사람은 나뿐이 아니었다. 알고 보니 역 폐쇄는 불과 며칠밖에 안 된 최신 이슈였고, 조수석의 여성 분 또한 출발 직전 게스트하우스에서 소식을 접하고 당황한 상태였다. 우리는 누가 먼저랄 것도 없이 스마트폰을 꺼내 상황을 파악하고 정보를 공유했다. "버스는 괜찮을까요? 버스 정류장도 공사한다는 얘기가 있네요." "아니에요, 여기 보니까 정류장 공사는 일정이 다른 것 같아요."

지극히 객관적인 정보성 대화로 겨우 소통의 물꼬를 튼 우리는 도착할 때까지 조금씩 자신의 이야기를 풀어놓았다. 공사 소식을 전해준 우리의 은인은 회사를 그만두고 90일째 세계 여행을 다니는 중이며, 러시아에서 출발했고 이곳 스페인이 마지막 여행지라고 했다. 나와 함께 뒷좌석에 타고 있던 여성 중 한 명도 회사를 옮기려고 마음먹은 상태였고, 나머지 한 명은 휴학하고 아르바이트로 돈을 모아 유럽을 찾은 대학생이었다. 나 또한 프리랜서를 준비 중이라는 사정을 간략하게 털어놓았다.

애초에 자세한 설명을 주고받을 만큼의 시간은 없었다. 하지만 우리는 서로에게 저마다의 사연이 있다는 사실을 이해했다. 정열의 태양이 내리쬐는 이국적인 땅에서 행복한 시간을 보내고 있지만, 한편으로는 마음 한구석에 자신만의 불안을 품고 있다는 것도.

택시가 목적지에 도착하자마자 우리는 뿔뿔이 흩어졌다. 연락처는 물론 이름조차 나누지 않았다. 하지만 투어를 하는 동안 간간이 눈인사를 하고 '셀카'만으로 담기지 않는 매혹적인 풍경 앞에서 사진을 대신 찍어주며, 우리는 분명 가족이나 친한 친구 사이에서도 느낄 수 없었던 설명하기 어려운 유대감을 공유했다.

벌써 몇 년 전의 일이다. 그때 그 택시 3인방의 소식은 알 길이 없고, 시간이 흐르면서 이제는 기억조차 희미해졌다. 한 명은 뿔테 안경을 썼고 한 명은 맵시 있는 밀짚모자를 쓰고 있었다는 정도의 흐릿한 인상만 남아 있을 뿐이다. 그녀들은 어떨까? 나를 실루엣으로나마 기억하고 있을까?

잊어버리기엔 너무나 유명한 그 이름, 책과 드라마와 여행의 배경이 되며 지금도 간간히 내 추억 스위치를 누르는 '알함브라'와 마주할 때마다 나는 아름다운 궁전의 모습과 함께 반사적으로 스페인의 택시를 떠올린다. 이 글을 쓰는 지금도 마찬가지다. 운명이 그녀들을 어떤 곳으로 보냈든, 이 글을 읽는다면 우리의 그 모험적인 여정을 기억하길. 역 폐쇄로 멈춘 기차 대신 버스와 비행기를 타고서라도 원하는 목적지에 무사히 도착했길. 이 지구 어딘가에서 졸업과 취업과 이직을 무사히 마치고 행복하게 살아가고 있길.

3장

불안해도 오늘을 산다는 것

37

《파이 이야기》 얀 마텔

세상은 있는 그대로가 아니라
우리가 이해하는 대로 존재해요.
아닌가요?

The world isn't just the way it is.
It is how we understand it, no?

포근한 날씨 탓에 눈 구경이 어려운 겨울이었는데, 입춘도 지난 마당에 함박눈이 펑펑 내렸다. 뽀얗게 피어나는 입김과 새하얀 거리 풍경을 보며 걷고 있자니 문득 뜨끈한 사골 국물이 생각났다. 진한 국물에 갓 지은 쌀밥을 넣고, 송송 썬 대파로 식감을 더한 소박한 한 그릇이.

인터넷 창에 '사골'이라는 키워드를 입력하자 팩이나 병에 담아서 파는 제품이 주르륵 나왔다. 100퍼센트 순 사골을 위생적인 페트병에 담아 하루 만에 보내준다는 업체에 주문을 넣으니 다음 날 반가운 상자가 배달됐다. 안에는 뽀얀 국물이 담긴 병 두 개가 정갈하게 누워 있었다.

나는 창밖으로 흩날리는 눈꽃을 바라보며 설레는 마음으로 쌀을 안쳤다. 고향에서 보내주신 새우젓도 꺼내고, 대파는 가늘게 송송 썰었다. 밥이 뜸 들 무렵 가스레인지에 냄비를 얹고 페트병 뚜껑을 따는데… 엥? 뭔가 이상했다. 하얗게 찰랑이는 모양새는 영락없이 사골인데, 병 겉면에 '목초 우유'라고 쓰여 있다. 상자를 열 때 스치듯이 봤지만, '우유처럼 진한 사골'이니 뭐니 하는 설명이겠거니 하고 크게 주의를 기울이지 않았다. 하지만 그것은 우유 같은 사골이 아니라 그냥 우유였다.

쇼핑몰 고객센터는 실수를 즉시 인정했다. 잘못 배달된 우유는 그냥 주고, 내가 주문한 제품은 다시 보내주겠다며 정중하게 사과도 했다. 전화를 끊고, 우유를 냉장고에 넣고, 아쉬운 대로 계란을 부쳐서 밥과 함께 먹는데 문득 피식 웃음이 나왔다. 병 속에 담긴 액체는 처음과 똑같은데, 그것이 사골이라고 믿었을 때와 우유라는 걸 알았을 때의 내 감정이 너무 다르지 않은가.

사골은 약속대로 내일 다시 배달되겠지만, 그때쯤이면 눈은 그쳐버릴 테고 하루 지난 밥에는 오늘만큼의 윤기가 없을 것이다. 하지만 공짜 우유가 두 병이나 생겼으니 그렇게 나쁜 거래는 아니었다.

김영하
《여행의 이유》

여행이 너무 순조로우면
나중에 쓸 게 없기 때문이다.

몇 달 전 이사를 했다. 전에 살던 곳의 계약기간이 끝나면서 자연스럽게 진행된 일이었다.

예산에 맞춰 매물을 보러 다니다가 만난 지금의 이 집이 나는 첫눈에 마음에 들었다. 스무 살 이후 다섯 번 넘게 이사를 하면서 나름대로 집 보는 눈이 생겼다 자부하는데, 이 집은 채광부터 수압, 이중창(단열에 중요하다), 벽 두께(층간 소음 방지에 중요하다)까지 전반적으로 나무랄 데가 없었다.

딱 한 가지 마음에 걸리는 부분은 내가 집을 볼 때까지 살고 있던 전 세입자가 실외기 통풍구를 골판지로 꽁꽁 막아뒀다는 점이었다. 당시 그는 집을 비운 상태였고, 나와 함께 방문한 공인중개사도 굳이 이런 조치를 취해둔 이유는 알지 못했다. 시기가 늦겨울이었던 만큼, 우리는 아마도 열린 통풍구를 통해 들어오는 외풍 때문이리라 짐작했다. 하지만 그 외에 나머지 조건은 거의 완벽했고, 가격까지 생각하면 이만한 집이 없다는 생각이 들었다. '어차피 통풍구를 사용해야 하는 여름이 오면 외풍은 별 문제가 안 될 테고, 겨울에 추위가 심하면 나도 똑같이 막아버리면 될 테니까….' 그 문제를 가볍게 생각한 나는 그날 바로 계약서에 도장을 찍었다.

통풍구를 덮고 있던 두꺼운 종이는 입주 청소를 맡은 아주머니가 깔끔하게 치워주셨다. 그리고 새로운 보금자리에서의 생활이 채 한 달도 안 되었을 무렵, 나는 그 골판지의 비밀을 저절로 알게 되었다.

외풍이 아니었다. 비둘기였다. 통풍구의 열린 틈으로 비둘기 식구들이 들어와 살림을 차린 것이다. 실외기실에 보관해둔 짐을 꺼내러 문을 열었던 나는 그곳에서 벌어진 참상에 그대로 굳어버렸다. 사방에 날아다니는 깃털, 바닥을 뒤덮은 나뭇잎, 실외기와 물건들 위에서 굳어 악취를 풍기는 오물.

아파트 베란다나 보일러실 등에 비둘기가 둥지를 튼다는 얘기를 TV에서 종종 접한 적은 있다. 비둘기라는 새는 귀소본능이 강해서 한 번 찾은 곳을 계속 찾는다는 내용도 사회 시간인가 과학 시간에 배웠다. 하지만 풍문과 지식이 합쳐진 비극이 바로 우리 집에 일어나리라고는 상상도 못 했다.

가까스로 정신을 차리고 여러 날에 걸쳐 상황을 수습하면서(통풍구는 다시 막았고, 물건은 다 버렸고, 오물 제거는 인터넷 검색으로 찾은 청소 업체에 비용을 지불하고 맡겼다) 정말 온갖 인간을 원망했다. 계약할 때 제대로 된 정보를 주지 않은 집주인과 공인중개사, 경고 한마디 없이 떠나버린 전 세입자, 지금껏 비둘기 문제 하나 해결 못 한 서울시, 건물을 이 따위 구조로 설계한 D건설사 등등.

'여행이 너무 순조로우면 나중에 쓸 것이 없다.' 얼마 후 펼쳐 든 에세이《여행의 이유》에서 이 문장이 유달리 눈에 들어왔던 것은 한창 그런 문제로 스트레스를 받는 중이었기 때문이다.

김영하 작가는 소설 원고에 집중하기 위해 한 달 동안 중국에서 지내기로 결심하고 짐을 싸서 떠났다고 한다. 짧은 여행이 아닌지라 챙길 물건도 많았고, 숙소 예약에도 적지 않은 비용이 들었다. 하지만 모든 준비를 마친 뒤 비행기를 타고 날아간 그는 중국 땅을 제대로 밟아보지도 못한 채 '추방'되고 만다. 비자 문제가 제대로 해결되지 않아 공항에서 즉시 본국 송환 조치를 당한 것이다. 집필 여행이라는 본래 목적을 달성하지 못했음은 물론이고, 항공권과 숙박비 등으로 선결제한 돈도 홀랑 날려먹었다.

이쯤 되면 누구를 원망해도 원망해야 정상이다. 달리 원망할 개인이 없으면 항공사든, 외교부든, 하다못해 신이라도 원망하는 게 인지상정이다. 하지만 말도 안 통하는 외국 공항에서 발이 묶이고, '법률 위반', '추방' 같은 한지만 겨우 식별 가능한 서류에 사인을 하면서, 작가가 가장 먼저 떠올린 것은 언젠가 지금 이 순간을 작품 소재로 써먹어야겠다는 태평한 발상이었다. 그리고 실제로 그는 이 생각을 실행에 옮겨 출간 한 달 만에 10쇄를 찍는 책을 써냈다.

작가의 여행에 너무 치밀한 계획은 필요없다고 그는 말한다. 좋으면 좋은 대로 감사하고, 나쁘면 나쁜 대로 글로 쓰면 되니까.《여행의 이유》가 서점가의 한 시즌을 강타한 베스트셀러라는 점을 감안하면, 내가 이 시기에 그의 책을 사서 읽은 것이 그렇게 드라마틱한 운명이라고 보기는 어려울 것이다. 하지만 우연이든 운명이든, 불행한 비둘기 사건을 에세이 원고로 승화시키기로 마음먹은 바탕에는 분명 그 구절과의 만남이 있었다. 내 비루한 인지도와 필력을 감안했을 때 이 원고가 그 정도로 팔릴 가능성은 별로 없겠지만, 그럼 뭐 어떤가. 인생이라는 여행 중에 만난 썩 유쾌하지 않은 에피소드에서 어떤 식으로든 가치를 찾아냈다는 것만으로도 이 글쓰기에는 분명 의미가 있다.

39

버트런드 러셀
《서양 철학사》

**영원한 것을 찾고자 하는 열망은
인간을 철학으로 이끄는
가장 깊은 본능이다.**

The search for something permanent is
one of the deepest of the instincts
leading men to philosophy.

"니들, 그거 알아?" 불판 위에서 지글지글 구워지는 삼겹살에 온 신경을 집중하고 있던 우리에게 D가 말했다. "선배들이 그러는데, 취업하고 다시 찾아오면 이 집 고기 못 먹는대. 드럽게 맛이 없어진다고 하더라."

우리는 지구가 평평하다고 우기는 음모론자를 대하듯 한심하다는 표정으로 각자 한마디씩 대꾸했다. "장난하냐?" "웃기고 있네." "말이 되는 소릴 해라."

그건 정말로 말이 안 되는 소리였다. 그 저녁, 20대 초반의 우리는 기말고사를 마친 기념으로 '참살이'에 들러 간만에 삼겹살을 굽고 있었다. 참살이 식당은 대학 시절 교정 앞에 있던 고깃집으로, 평소에는 학생식당 백반과 매점 라면으로 연명하던 우리가 특별한 일이 있을 때 마음먹고 들러 배에 기름칠을 하는 곳이었다. 직장인이 되든 사업가가 되든, 이렇게 맛 좋은 고기를 마다하게 된다는 것은 당시의 우리 기준으로 납득할 수 없는 주장이었다.

물론 그것은 어디까지나 '당시의' 우리 기준이었다. 내가 학교를 다니던 무렵 참살이 식당은 삼겹살 1인분에 4천 원을 받았다. 당시에도 명동이나 강남역 같은 번화가에서는 같은 양의 고기에 만 원 전후의 가격이 붙어 있었으니 말 그대로 시장가격의 절반에도 한참 못 미치는 저렴한 가게였던 셈이다. 가게 인테리어는 아무리 후하게 쳐줘도 '허름하다' 이상의 평가를 내리기 어려웠고, 메뉴판의 원산지 표시는 중국부터 브라질, 멕시코에 이르기까지 올림픽 출전국 명단에 버금가는 다양성을 자랑했다. 하지만 이 가격에 두툼한 생삼겹살을 구워 먹으면서 그런 부분을 지적하는 양심 없는 손님은 존재하지 않았다.

처음부터 생고기였는지 냉동육을 솜씨 좋게 해동한 것인지까지는 알 길이 없으나(이 고기의 고향이 지구 반대편이라는 사실을 감안하면 후자일 가능성이 훨씬 높다), 고깃덩이가 불판 표면에 착 달라붙어 '촤아-' 하며 익어가는 모습은 그 자체로 감동적이었다. 참살이의 삼겹살에는 우리가 고기로부터 추구하는 모든 미덕이 담겨 있었다. 쫀득한 껍데기, 고소한 비계, 부드러운 살코기, 촉촉한 육즙까지. 제아무리 잘난 직장에 취직을 하더라도, 우리가 이토록 완벽한 음식을 거부하게 된다는 건 믿기 어려운 이야기였다. 아니, 믿고 싶지 않은 이야기였다.

참살이는 늘 좋은 기억과 연결되는 장소였다. 우리는 그곳에서의 시간이 주는 황홀한 맛과 든든한 포만감을 사랑했고, 편안한 친구들과 나누는 즐거운 대화를 사랑했다. "오늘 참살이 쏜다!" 장학금이나 아르바이트비를 받은 친구가 이렇게 외치면, 그날 하루만큼은 그가 모두의 영웅이었다. 취직을 하면 이 고기에서 더 이상 같은 맛을 느낄 수 없다는 말을 들었을 때 내 머리에 떠오른 것은 그런 소중한 추억들이었다. 그 자리에 있던 다른 친구들도 비슷한 마음이었으리라. 사회인이 되고 주머니 사정이 윤택해진다고 해서 지금 분명한 행복을 주는 무언가의 가치가 사라져버린다는 것은 요만큼도 달갑지 않은 이야기였다.

몇 년 후, 나는 여느 친구들과 마찬가지로 취업을 했다. 광화문 빌딩숲 한가운데 위치한 작지 않은 규모의 회사였다. 과연, 듣던 대로 직장인의 외식 수준은 학생 때와 차원이 달랐다. 매일 점심을 먹으러 나갔던 회사 근처 식당들에서는 국밥 한 그릇이 7천 원을 우습게 넘겼고, 가끔 회식을 할 때는 '국내산'으로 원산지가 통일된 식당에서 기름기가 좔좔 흐르는 고기를 구웠다. 1년에 두 번 열리던 회사 차원의 큰 행사인 야유회와 송년회에서는 고급 한우 전문점을 통째로 예약해서 등심이며 갈비를 배가 아플 정도로 포식하기도 했다.

하지만 혀 위로 달콤하게 퍼지는 법인카드표 한우의 맛을 즐기다가도, 나는 문득 참살이 식당의 고기 맛과 그곳에서 나눈 친구들과의 대화를 떠올렸다. '이렇게 고급스러운 맛도 알게 되었으니, 이제 정말 예전에 먹던 그런 고기는 못 먹게 될까?' 이 생각이 틀렸다는 것을 고집스레 증명하고 싶었던 나는 가끔씩 학창시절 추억의 맛집을 찾았고, 다소 긴장하는 마음으로 삼겹살을 주문한 뒤 여전히 만족스러운 그 맛에 안도하며 돌아오곤 했다.

그러나 맛이라는 매개체를 통해 과거의 풋풋한 기억을 움켜잡고 싶었던 내 노력은 생각지도 못한 변수에 의해 가로막히고 말았다. 내가 졸업할 무렵부터 불어닥쳤던 개발과 땅값 인상 이슈에도 꿋꿋이 버텨주던 참살이 식당이 결국 문을 닫고 만 것이다. 해마다 물가에 따라 500원씩, 천 원씩 올랐던 생삼겹살 가격은 내가 마지막으로 찾았을 때 여전히 일반적인 고깃집보다 두 배가량 저렴한 6천 원이었다(그즈음 인근 번화가에 오픈한 '프리미엄' 삼겹살집과 비교하면 정확히 3분의 1에 해당하는 가격이었다).

그 뒤로도 내 삶에는 이따금씩 새롭고 맛있는 음식이 찾아왔다. 얼마 전에는 스페인에서 땅콩인지 도토리인지만 먹고 자란다는 이베리코 돼지고기 처음으로 먹었는데, 고소하면서 쫀쫀한 육질이 좋은 소고기와 비견될 정도로 훌륭하다고 느꼈다. 하지만 이런 종류의 즐거움이 내 삶의 유일한 가치가 아니길 바란다는 마음에는 지금도 변함이 없다. 끊임없이 새로운 것, 화려한 것을 추구하는 와중에 오래된 것, 소박한 것의 의미를 잃어버리고 싶지는 않다. 비록 참살이 식당은 사라졌지만, 그곳에서 느꼈던 소탈한 행복은 언제까지나 '그땐 그랬지'가 아니라 '지금 이 순간'으로 남아주면 좋겠다.

40

바바라 오코너 《개를 훔치는 완벽한 방법》

때로는 휘저을수록
사태가 더 악화되기도 해.

Sometimes, the more you stir it,
the worse it stinks.

과로에 의한 스트레스성 폭식 때문인지, 며칠간 속 쓰림이 이어져 병원을 찾았다. 내시경 결과 예상대로 염증이 발견되었고, '스트레스를 줄이세요'라는 말만 쉬운 처방과 함께 며칠 치 약을 받아 왔다.

복용 이틀째, 알약 하나를 잃어버렸다. '점심 식후'라고 쓰인 봉투를 찢어서 손바닥에 털어놓는데 흰색의 작은 알약이 튕겨 나가더니 순식간에 시야 밖으로 사라졌다.

대대적인 수색 작업이 시작되었다. 떨어진 방향과 소리로 대강의 위치를 파악한 뒤 조금씩 범위를 넓히며 바닥을 샅샅이 훑었다. 하지만 의자를 들어내고 전선을 치워가며 아무리 뒤져도 하얗고 조그만 알갱이는 다시 나타나지 않았다.

하릴없이 온 바닥을 훑으며 기어 다니길 20분쯤 했을까, 점점 부아가 치밀었다. 약을 찾는답시고 가구며 물건을 옮겨댄 통에 방 안은 난장판이 됐고, 아까운 시간은 계속 흘러갔으며, 의사가 줄이라고 강조했던 스트레스는 오히려 쌓이고 있었다.

'포기하자. 한 알 건너뛴다고 죽기야 하겠어.' 제 풀에 지친 나는 어차피 못 찾을 바엔 차라리 스트레스라도 덜 받자는 마음으로 어질러진 방을 치우기 시작했다. 사방에 널린 물건을 제자리에 놓고, 기왕 하는 거 한꺼번에 해치우자며 부직포 밀대로 바닥 먼지도 꼼꼼히 닦았다.

정리의 요정이 상을 내린 것일까? 놀랍게도 알약은 전혀 기대 없이 시작한 청소 중에 발견되었다. 그것도 처음 예상과 정반대의 장소에서. (분명 오른쪽으로 튀는 걸 봤는데!) 생각지 못한 발견의 기쁨에 약 표면의 먼지 따위는 신경도 쓰이지 않았다. 시원한 물과 함께 대충 털어낸 알약을 감사히 삼키며, 위염을 이겨내기 위해서라도 꼭 열을 내는 것만이 답은 아니라는 사실을 마음에 새기자 새삼 다짐했다.

41

어니스트 헤밍웨이
《노인과 바다》

**지금은 갖고 있지 않은 것을
생각할 때가 아니라,
갖고 있는 것으로 뭘 할 수 있는지
생각할 때야.**

Now is no time to think of
what you do not have.
Think of what you can do
with that there is.

나는 내가 아는 모든 사람 중에서 로또 당첨 확률이 가장 높은 사람이다. 딱 한 번 구입한 로또가 당첨되었기 때문이다. 너무 놀라지는 마시라. 그렇게 높은 등수는 아니니까.

약속이 있어서 신촌에 나갔던 어느 날, 친구 한 명이 더 늦기 전에 로또를 사야 하니 잠깐 편의점에 들르자고 부탁했다. 왜 하필 지금 사야 하느냐고 물었더니, 오늘 저녁에 당첨자 발표가 있어서 그렇단다. "그럼 우리 모두 사서 이따 다 같이 맞춰볼까?" 누군가 꺼낸 재미있는 제안에 모두가 동의했고, 나 또한 2천 원을 주고 평소에 좋아하던 숫자로 번호 두 묶음을 골랐다. 태어나서 처음 사본 로또였다. 당연히 당첨 기대 따위는 하지 않았다. 그런데 맥주에 치킨을 뜯으며 다 같이 지켜본 발표 생방송에서 내가 찍은 번호 한 줄이 연이어 네 개나 불리는 게 아닌가!

스마트폰으로 확인해보니 숫자 네 개를 맞추면 로또 4등으로 당첨금 5만 원을 받을 수 있다고 했다. 4등까지는 은행에 갈 필요도 없고, 편의점에서 바로 당첨금을 수령할 수 있다는 정보도 친절하게 나와 있었다. 흥분한 우리는 당장 치킨집 근처 편의점으로 달려가 당첨된 복권을 내밀었다. 숫자를 확인한 주인아저씨는 두말없이 계산대에서 현금을 꺼내주었고, 나는 얼떨떨한 마음으로 투자금의 스물다섯 배에 해당하는 5만 원권 지폐를 받아들었다.

예기치 않게 생긴 공돈은 함께 있던 친구들에게 맥주를 쏘느라 몇 시간도 안 되어 사라졌다. 그렇지 않았더라도 그 정도의 돈이 내 인생에 유의미한 변화를 가져오는 일은 없었을 것이다. 하지만 당첨 자체는 무척 신나는 경험이었고, 심지어 딱 한 번 사본 로또로 돈을 벌었다는 이야기는 어떤 자리에서나 풀어놓을 만한 재미있는 '썰'이었다. 나는 가끔씩 술자리나 모임에서 비슷한 화두가 나올 때마다 그날의 신기한 경험담으로 분위기를 띄우곤 했다.

얼마 전 초대받은 거래처 회식에서 내가 그 얘기를 꺼낸 것도 비슷한 이유에서였다. 사실 2040 직장인이 모인 자리에서 복권 이야기가 나오는 것은 별로 특이한 일도 아니다. 그날도 로또는 사주와 재테크에 이어 자연스레 화제를 점했고, 나 또한 타이밍에 맞춰 이야기보따리를 꺼냈다. 그런데 늘 나오던 반응('신기하다', '좋았겠다' 등) 사이에서, 처음 듣는 이야기가 나왔다. "근데 작가님은 괜찮으셨어요? 딱 하나만 더 맞았어도 몇천만 원, 두 개 더 맞았으면 몇십 억이 생겼던 거잖아요."

얘기를 꺼낸 사람은 평소 가깝게 지내던 거래처 스태프였다. 그는 얼마 전에 로또와 관련된 통계를 봤다며, 낮은 등수로 당첨된 사람들이 기쁨보다 아쉬움을 느끼는 경우가 더 많더라는 이야기를 들려주었다. 심지어 종이 한 장 차이로 1등을 놓친 2등 당첨자들은 행복은커녕 우울감에 사로잡힐 가능성이 더 크다고 했다.

듣고 보니 충분히 일리 있는 얘기였다. 우리의 대화는 대충 '그럴 수도 있겠다'라는 결론과 함께 자연스럽게 다음 주제로 넘어갔고, 술자리는 가볍고 즐거운 분위기에서 마무리되었다. 하지만 그날 그가 꺼낸 이야기는 생각보다 오래도록 마음에 남았다.

다행히도 로또 당첨은 여전히 내 안에 즐거운 행운의 기억으로 자리 잡고 있다. 하지만 그것은 애초에 복권 구입 자체가 생각지도 못한 우연이었기 때문이지, 내가 지나간 일에 연연하지 않거나 주어진 조건에 오롯이 감사할 줄 아는 사람이라서가 아니다. 솔직히 말하면 실상은 정반대에 가깝다. 삶에 대한 내 시선은 많은 부분에서 번호를 한두 개 틀리고 괴로워하는 복권 당첨자와 다르지 않았다. '시험 한 문제만 더 맞혔더라면.' '책이 몇 권만 더 팔렸더라면.' 나는 언제나 이런 아쉬움의 조각으로 눈을 가린 채 맞힌 문제 열 개와 팔린 책 100권이 가져다줄 행복을 무시하고 우울의 늪으로 다이빙하곤 했다.

'아깝게 놓친 것들을 생각하며 땅을 칠 시간에 맛있는 치킨이나 사 먹을걸 그랬어.' 새삼 이런 반성을 하게 된 것은 4등짜리 로또 덕에 친구들과 나눠 먹었던 치맥이 너무나 각별했기 때문이다. 내가 다시 로또를 살 날이 올지는 모르겠지만, 내 삶에는 끊임없이 운명의 복권을 긁어야 할 순간이 찾아올 것이다. '혹시 한 끗 차이로 큰 기회를 놓치더라도, 무작정 한탄만 하기보단 최소한 내가 갖고 있는 것이 무엇인지 돌아보려는 노력이라도 해보자.' 새삼 이런 간지러운 다짐을 하게 된 것 역시 그날의 치킨 덕분이었다. 그만큼 맛있었다. 틀린 숫자보다 맞힌 숫자에 집중하며 먹었던 그 치킨은.

프랜시스 호지슨 버넷
《소공녀》

그녀는 지적이고 작은 얼굴에
완벽한 예의를 갖춘
이 별난 소녀를 좋아하게 되었다.

She had begun to like
this odd little girl who had such
an intelligent small face and such
perfect manners.

모든 사건에는 어떤 계기가 있다. 가령 회사생활이 아무리 힘들다 해도, 체질에 안 맞는 조직생활이 매일 몸과 마음을 갉아먹는다 해도, '퇴사'라는 구체적인 결심을 실행에 옮기기 위해서는 단순히 힘들다는 감정 이상의 확실한 계기가 필요하다.

'확실한'이라는 표현을 썼지만, 계기의 성격은 사람과 상황에 따라 완전히 달라진다. 폭언이나 폭행처럼 누가 들어도 납득할 수 있는 객관적인 계기가 있는가 하면 남들이 보기엔 이해하기 어려운 개인적인 계기도 있다. 중요한 건 그것이 당사자에게 갖는 의미다. 어떤 계기가 당사자의 마음에 파장을 일으킬 만큼 중요한 의미를 지닌다면, 세상의 기준이나 시선과 관계없이 분명한 행동으로 이어질 수 있다.

내 행동의 계기는《소공녀》였다.

나는 회사라는 조직과 맞지 않았다. 그 이유에 대해서는 책 한 권에 걸쳐 구구절절 이야기한 적도 있으니 굳이 여기서 반복하진 않겠다. 분명한 것은 회사원 시절의 내가 직접적인 건강 이상을 겪을 정도로 힘들었다는 것이다. 밤이면 (전보다 더) 잠이 오지 않았고, 주말이나 휴일에도 불안을 떨칠 수가 없었다. 성격은 시간이 갈수록 예민해졌다. 별것 아닌 말에도 상처를 받고 눈물을 터뜨리는 내 모습에 가족들도 쉽게 말을 걸지 못했다.

하지만 나는 감히 '퇴사'라는 생각을 떠올릴 수 없었다. 직장인이 되는 방법 외에는 배운 것도 없고, 월급이 아니면 먹고살 기술도 없었지만, 무엇보다 이 정도의 괴로움은 참아야 한다는 생각에서 벗어나기가 어려웠다. 내가 힘들다고 하면 사람들은 입을 맞춘 듯이 말했다. "직장생활이 안 힘든 사람이 어디 있어." 나는 그 말이 맞는 줄 알았다. 남들도 나만큼 힘들 테니, 나 또한 남들처럼 참아야 하는 줄 알았다. 그래서 참았다. 존재가 날마다 시들어가고 꿈이 매 순간 멀어져가는 것을 느끼며 몇 년간 이를 악물고 버텼다.

그리고 어느 무기력한 주말, 책장에서 《소공녀》를 꺼내 들었다. 지친 마음을 맑은 책으로 치유하고픈 마음에서였다. 어릴 때부터 수백 번 읽으며 매 구절 애정을 느꼈던 순수하고 따뜻한 소설에서 위로를 받고 싶었다. 커피를 마시며 익숙하고 소중한 문장을 훑어 내려가는데, 별안간 오싹한 충격이 밀려왔다. 세라 크루, 빛나는 상상력과 고결한 품위로 늘 미소를 자아내던 나의 소공녀를 보며, 저도 모르게 불쑥 이런 생각이 치민 것이다. '웃기시네. 넌 금수저니까 그렇게 고고할 수 있지.'

어머니를 잃고 아버지와 떨어져서 기숙학교에 들어가는 일곱 살짜리 소녀에게, 실존 인물도 아니고 소설 속 허구의 인물일 뿐인 그 아이에게, 나는 진심으로 질투와 열등감을 느끼고 있었다. 그녀가 막대한 상속권을 가진 부잣집 딸이라는 이유만으로.

슬픔과 함께 비참함이 밀려왔다. 나는 평생의 기쁨이던 책을 더 이상 즐길 수 없었고, 내게 해를 끼친 적도 없는 타인을 비뚤어진 감정으로 바라보았으며, 낳아주신 부모님을 절대 수저에 비유하지 말자던 신념도 잃어버렸다. 수면과 건강에 더해 취향과 신념마저 잃어버린 그 순간, 나는 행복한 삶의 정반대 지점으로 향하고 있었다. 적당히 비껴가는 것도 아니고 정반대 지점으로. 이대로 눈에 빤히 보이는 종점까지 넋 놓고 나아갈 수는 없었다. 더 늦기 전에 방향을 바꿔야 했다.

그 깨달음이 계기가 되었다. 물론 계기가 생겼다고 해서 당장 사표를 던지고 나올 수는 없었다. 하지만 계기가 없다면 과정도 없었을 것이다. 회사 밖에서 살 길을 찾고, 필요한 공부를 하고, 신용카드와 마이너스 통장을 연장하고, 적금 만기에 맞춰 치밀하게 퇴사 날짜를 결정하는데 필요했던 긴 시간을 거슬러 올라가면 그 출발점에는 《소공녀》가 있었다.

누군가에게는 '겨우 그 정도 이유로?'라고 비칠 수도 있는 개인적인 계기라는 것, 잘 알고 있다. 하지만 딱히 개인적이면 안 될 이유는 또 뭔가. 어차피 이건 나라는 개인의 인생에 대한 문제인데. 한 권의 책에서 비롯된 계기는 퇴사라는 행동으로 이어졌고, 현재의 삶이라는 결과를 가져왔다. 솔직히 지금 내 벌이는 회사원 시절과 크게 다르지 않다. 들쭉날쭉한 프리랜서의 수입구조상 월급만큼 못 버는 달도 있다. 하지만 지금의 나는 잠을 더 푹 자고, 열등감과 박탈감을 덜 품으며, 우리 집이 흙수저인지 동수저인지 저울질하느라 에너지를 소비하지 않는다. 한가한 주말이면 가끔씩 《소공녀》를 꺼내 즐겁게 읽는다. 지적이고 작은 얼굴에 완벽한 예의를 갖춘 별난 소녀, 세라 크루를 있는 그대로 사랑할 수 있는 지금의 삶이 나는 더 마음에 든다.

43

어니스트 헤밍웨이
《무기여 잘 있거라》

모든 것이 항상
설명되는 것은 아니다.

There isn't always an explanation
for everything.

비누뿐 아니라 물탱크까지 텅 비어버린 것이다. 생각해보면 이상할 것도 없었다. 물비누 꼭지를 눌렀던 모든 사람은 당연히 수돗물까지 사용했을 테니까. 하지만 물이 나오지 않는다는 것을 눈치챈 그 짧은 순간, 내 감정의 흐름은 정확히 반대 방향으로 뒤집혔다. 나는 깨달았다. 지금까지 머피의 법칙이 아니라 행운의 여신과 함께하고 있었다는 사실을. 만약 물비누 액체가 남아 있었다면 어떻게 됐을까? 손에 미끄덩한 거품을 잔뜩 묻힌 채 수도꼭지를 틀었는데 물이 안 나왔다면? 기왕 한 김에 살짝 더 극단적인 가정까지 해보자면, 만약 물이 조금 더 부족해서 변기마저 내려가지 않았다면 대체 얼마나 민망한 장면이 연출되었을까?

하루 종일(어쩌면 며칠 내내) 초조함에 휩싸여 있던 기분은 우습게도 물이 콸콸 나오는 유능한 수도꼭지가 아니라 '쿠르륵' 소음만 뿜어내는 무능한 수도꼭지 앞에서 깃털처럼 가벼워졌다. 화장실 문을 밀고 나온 나는 줄을 서서 기다리던 사람들에게 민망한 사과("죄송해요. 물이 안 나오는 바람에 손잡이에 비누를 좀 묻혔어요" 혹은 "어떡하죠, 변기 물이 안 내려가서…") 대신 유용한 정보("비누랑 수돗물이 떨어진 것 같던데, 참고하세요")를 제공한 뒤 자리로 돌아올 수 있었다.

어디까지가 우연이고 필연인지는 알 수 없다. 어쩌면 한국철도공사의 기똥찬 재고 관리 능력으로 물이 떨어지기 전에 반드시 비누가 먼저 떨어지는 시스템이 확립되어 있었을지도 모른다. 하지만 내가 정말로 기가 막힌 타이밍의 가호를 받았던 걸 수도 있다. 한 가지 분명한 건 내가 자칫 원망 섞인 눈빛 세례를 받을 수도 있었던 상황에 오히려 감사 인사를 받았다는 사실이었다.

한 평도 안 되는 좁다란 화장실에서 일어난, 그 설명할 수 없는 작은 반전은 하루를 바라보는 내 관점을 완전히 바꿔놓았다. 세면대 물이 안 오랜만에 부모님을 만나러 고향행 기차를 탔다. 바쁘다는 핑계로 명절에도 엄마 생일에도 내려가지 못한 죄책감을 안고 살다가 어버이날마저 건너뛸 수는 없다는 마음에 열 일을 제쳐두고 예매한 표였다. 하지만 좌석에 몸을 싣고 달리는 동안에도 내 마음은 전혀 편치 못했다. 주말 이틀을 빼려고 한 주 내내 평소보다 열심히 일했지만 결국 마무리하지 못한 채 남겨두고 온 일이 태산이었기 때문이다.

멍하니 차창 밖을 바라보는데, 괜스레 모든 게 원망스러웠다. 휴일에도 마음 편히 쉬지 못하는 노예 팔자, 그럼에도 늘 참을 수 없이 가벼운 통장 잔고, 제대로 챙겨드리지 못하는 부모님에 대한 죄송함…. 객실을 가득 채운, 가정의 달을 맞아 나들이 떠나는 가족 단위 여행객 속에서 나 혼자만 복잡한 표정으로 앉아 있는 것 같아 초조하고 억울한 마음마저 들었다.

타는 속을 진정시키려 연거푸 들이켠 아이스 아메리카노 때문인지, 출발 직전 화장실에 들렀는데도 소변 신호가 왔다. 객차 사이에 위치한 여자 화장실을 찾아 볼일을 보고 손을 씻으려 세면대 옆 물비누 꼭지를 누르는데, 어라? 반응이 없었다. 객실마다 사람이 넘치더라니, 이용객이 많아 평소보다 일찍 떨어진 모양이다. "아, 뭔데 진짜. 되는 일이 이렇게까지 없냐." 대답 없는 펌핑 용기를 부질없이 눌러대는데, 나오라는 비누는 안 나오고 뱃속에 꾹꾹 눌려 있던 짜증만 육성으로 튀어나왔다. 마음 같아서는 알아듣지도 못할 비누 꼭지를 향해 더한 욕이라도 퍼붓고 싶었다. 방음이 되지 않는 공중화장실만 아니었다면, 20초 전에 들렸던 노크 소리로 미루어 분명히 문 밖에 서 있을 다른 승객만 아니었다면 실제로 그렇게 했을지도 모른다.

자포자기하는 심정이 된 나는 찝찝한 손을 물로라도 대충 씻고 자리를 뜨려고 수도꼭지를 틀었다. 그런데, 뭐지? 이번에도 반응이 없었다

나온 건 사실 대단한 문제도 아니었다. 일단 아침에 커피와 빵을 사면서 받은 물티슈로 손을 닦고, 역에 내려서 제대로 씻으면 되니까. 서울에 마치지 못한 일이 쌓여 있는 것도 딱히 불행이라고만 볼 수는 없다. 어쨌든 일이 아예 없는 것보다는 훨씬 나은 상황 아닌가?

무엇보다, 나는 되는 일 하나 없다고 툴툴대면서 타고 있던 이 기차가 어디로 향하고 있는지를 기억해냈다. 플랫폼으로 들어오는 기차를 오매불망 기다리다가 못 씻은 손도 개의치 않고 덥석 잡아줄 가족이 그곳에 있었다.

44

칼 세이건 《코스모스》

**천억 개의 은하를 뒤져도
우리와 같은 존재를 찾을 수 없다.**

In a hundred billion galaxies,
you will not find another.

선천적, 후천적으로 달고 사는 각종 지병이 있다. 비염 때문에 늘 숨 쉬기가 답답하고, 무릎이 약해서 좋아하는 걷기를 마음껏 즐기기 어렵다. 입술을 물어뜯는 버릇 때문에 며칠에 한 번 꼴로 유혈사태를 만나고, 불면증 때문에 뜬눈으로 밤을 지새우기 일쑤다.

한때는 이 몸뚱어리의 고칠 수도 없는 결함이 너무 싫었다. 둔중한 관절 통증이 없는 삶은 어떤 느낌일까. 훌쩍이지 않고 공기를 마음껏 들이마시는 기분은 얼마나 시원할까. 이 열등하기 짝이 없는 육신을 내다 버리고 싶다고 생각한 적이 골백번은 될 것이다.

그러던 중 인터넷에서 흥미로운 게시물을 접했다. 아토피, 비염, 사랑니처럼 생명에는 지장이 없지만 일상에 불편함을 초래하는 지병이 쭉 나열된 글이었는데, 해당 증상이 다섯 개 미만이면 축복받은 인생이라는 것이다. 하나씩 체크하다 보니 내 몸은 역시나 축복과 거리가 멀었다. 하지만 그 증상들을 쭉 읽는 동안, 지금까지는 해본 적 없는 어떤 생각이 머리를 스쳤다. 휴대폰이나 컴퓨터에 사소한 오류가 생기듯, 우리 몸에 몇 가지 결함이 있는 건 당연한 일이구나. 아니, 세상 어떤 기계보다도 정교하고 복잡한 인간의 생명활동에 손으로 꼽을 수 있는 오류밖에 생기지 않는다는 건 그 자체로 놀라운 일이구나.

그렇게 생각하자 처량한 불운의 집합체라고 믿었던 내 몸이 조금은 다른 각도로 보였다. 수만 개의 근육을 움직이고, 수억 개의 세포를 관리하며, 어떤 로봇공학자도 흉내 내지 못한 신비로운 생명활동으로 매일을 살아내는 내 몸. 아프면 조금 주무르고, 코가 막히면 팽 풀어가며 그래도 소중하게 대해야지. 잠이 오지 않는 답답한 밤에도 내 몸을 너무 미워하진 말아야지. 숙면을 방해하는 머릿속의 이 상념들도 오직 나로 존재하기에 누릴 수 있는 경이로운 특권이니까.

45

루시 모드 몽고메리
《빨강 머리 앤》

무엇도
그녀의 타고난 상상과
꿈으로 가득한 이상 세계를
빼앗을 수 없었다.

Nothing could rob her of
her birthright of fancy or
her ideal world of dreams.

어렸을 때(정확한 연도는 기억나지 않는다) 어떤 책에서(정확한 제목은 기억나지 않는다) '바게트'라는 빵을 묘사한 구절을 읽었다. 아마도 동화나 어린이용 소설이었을 것이다. 줄거리며 주인공 이름을 비롯해서 무엇 하나 제대로 떠올릴 수 없지만, 읽기만 해도 입안에 침이 고이는 맛깔스러운 단어로 섬세하게 엮어낸 빵의 묘사만큼은 생생하게 기억난다. 화자가 말하길, 바게트란 '단단하고 바삭한 껍질 안에 보드랍고 말랑말랑한 속살이 들어 있는' 맛 좋은 빵이었다. 갓 구운 바게트를 반으로 쪼개면 껍질이 파사삭 기분 좋은 소리를 내며 갈라지고, 그 속에 있는 따끈따끈한 속살을 조금씩 뜯어 먹으면 행복한 기분이 든다고 했다.

나는 바게트가 뭔지 알고 있었다. 엄마 아빠와 함께 갔던 동네 제과점에 그런 이름의 길쭉한 빵이 놓여 있는 것을 보았기 때문이다. 하지만 실제로 사서 먹어본 적은 없었다. 높다란 바구니에 덩그러니 담긴 밋밋한 바게트는 짭짤한 소시지빵과 달콤한 소보로빵을 좋아하는 어린 딸의 기호에도, 샌드위치처럼 든든한 식사 빵을 선호하던 부모님의 취향에도 맞지 않았다.

하지만 그 이름 모를 책의 문장을 읽은 순간부터 내 마음은 낯설면서도 낯익은, 천상의 빵을 향한 갈망으로 타올랐다. 나는 갖고 싶은 것이 생긴 모든 아이가 그렇듯 엄마에게 바게트를 사달라고 졸랐다. 그 목적은 비교적 쉽게 달성됐다. 장난감 로봇이나 '쥬쥬' 인형보다 훨씬 저렴한 빵 한 덩이 앞에 엄마의 지갑은 무리 없이 열렸다.

키의 절반만 한 빵 봉투를 안고 집으로 돌아오는 동안 내 마음은 바삭한 껍질을 가르고 말캉한 속살을 뜯어 먹을 생각으로 한껏 부풀어 있었다. 그러나 경건한 마음으로 치른 의식은 초장부터 제대로 풀리지 않았다. 분명 '바게트'라는 이름을 제대로 보고 샀는데, 내가 사 온 빵의 껍질은 바삭하기보다 질깃해서 반으로 접어도 쪼개지지 않았다. 거의 찢어내다시피 잘라서 겨우 마주한 속살도 실망스럽긴 마찬가지였다. 전혀 부드럽지도 말랑하지도 않은 데다 희미하게 밀가루 비린내가 풍기던 그 질긴 덩어리는 하얗다는 점만 빼면 모든 면에서 내 예상과 달랐다.

이후로도 용돈을 털어가며 다른 가게에서 바게트를 구입해봤지만, 내가 책을 읽고 상상했던 황홀한 맛은 어디에서도 찾을 수 없었다. 나는 그 책의 묘사가 과장이었다는 결론을 내렸다. 허황된 망상으로 돈과 시간을 낭비한 자신이 바보 같았다. 바게트에 대한 흥미를 완전히 잃어버렸음은 물론이다. 그날 이후 아주 오랫동안, 나는 그 질기고 무미건조한 빵에 손을 대지 않았다. 가끔 제과점 구석에 놓인 기다란 자태를 보면 어릴 적 에피소드가 떠올라 피식 웃음이 났을 뿐이다.

이 모든 것이 순수한 오해였으며, 진실은 오히려 정반대였음을 알게 된 것은 그로부터 10년 이상이 지나서였다. 어른이 되어 서울로 상경한 어느 날, 볼일이 있어 여의도의 한 거리를 걷는데 멋진 유리 건물 1층에 달린 현수막이 눈에 띄었다. '현지 레시피를 완벽히 재현한, 진짜 프랑스식 바게트'를 판매한다는 제과점이었다. 내 발걸음은 뭔가에 홀린 듯이 가게 안으로 향했다. 진열대에 가득 쌓인 바게트 중 하나를 집게로 집어 드는 순간 알았다. 이것이 바로 책 속에 있던, 어릴 적 내 상상 속의 그 빵임을. "잘라드릴까요?" 묻는 점원에게 괜찮다고 말한 뒤 기다란 종이봉투를 통째로 들고 나온 나는 매장을 나서자마자 빵을 꺼내서 반으로 쪼개보았다. 단단하고 바삭한 껍질이 기분 좋은 소리를 내며 파사삭 갈라졌고, 그 안에 고이 담긴 속살은 담백하고 부드럽고 말랑했다.

첫입을 삼키기도 전에 모든 상황이 이해됐다. 어릴 때 읽었던 책의 저자는 진짜 바게트의 맛에 익숙한 유럽 사람이었을 테고, 내가 그 문장을 읽고 동네 빵집으로 달려갔던 1990년대는 아직 한국의 제과 기술이 현지에 미치지 못하던 시점이었을 것이다. 그 후로 오랜 세월 수많은 제빵인들이 노력한 끝에 드디어 우리나라에서도 정통 바게트를 먹을 수 있게 된 것이리라.

아직 온기가 남은 빵 봉투를 안고 전철역으로 향하는 내내 꿈을 꾼 듯 신기한 기분이 들었다. 현실의 수많은 가게에서 판매되고 있던 빵보다 내 머릿속에만 들어 있던 상상 속 바게트가 진짜에 더 가까웠다니. 어떻게 보면 그 옛날 제과점표 바게트를 수백 번 맛본 사람보다 책을 읽고 상상만 한 사람이 더 제대로 된 맛을 알고 있었던 셈이다.

내가 바게트 한 덩이로 현실에 대한 믿음을 잃었다거나 상상의 힘을 신봉하게 되었다고 하면 거짓말이겠지만, 최소한 이 사건은 그렇지 않아도 유별나던 내 이상주의를 한층 드높였다. 나는 지금도 눈에 보이는 것이 다 진짜가 아니고, 상상이 다 허구는 아니라고 생각한다. 당장 쭉쭉 오르는 주식이나 부동산 가격을 봐도 뛰어들 마음이 생기지 않고, 현실적으로 성공 가능성이 현저히 낮은 글짓기에 인생을 바치고 있는 것도 어쩌면 그 때문일지 모른다. 잘되리라는 자신감은 별로 없지만, 사실은 그래서 꽤 불안하지만, 그럼에도 마음 한구석에는 희미한 믿음이 있다. 아무도 겪어보지 못했고 다들 아니라고 하지만 어쩌면 이 상상이 정답에 더 가까울지도 모른다는 믿음이.

46

T. S. 엘리엇
〈황무지〉

4월은 잔인한 달.

April is the cruelest month.

역사적으로 예술가들의 눈에 비친 4월은 한결같이 아름다운 달이었다. 겨우내 꽁꽁 얼었던 냇물이 다시 흐르고, 죽은 나뭇가지 끝에 새순이 돋아나고, 동면에 들어갔던 동물이 깨어나 활기차게 움직이기 시작하는 봄의 상징이 바로 4월이었다.

하지만 1920년대 초반, 대학에서 철학을 전공하고 혜성처럼 문단에 등장한 T. S. 엘리엇은 4월을 한 해 중에서도 가장 잔인한 달로 묘사했다. 그의 대표작이자 20세기에 가장 많이 읽힌 시로 꼽히는 〈황무지〉에서, 4월은 포근한 눈 이불 아래 편안히 자고 있던 뿌리를 흔들어 깨우는 거칠고 무자비한 손길로 등장한다.

그로부터 꼭 100년이 흐른 지금, 서울 땅 한구석에서 글밥을 먹으며 근근이 살아가는 내게도 4월은 참 잔인한 달이다. 새해를 맞아 전 국민의 의지가 불타오르는 연말연시와 신학기 준비로 분주한 초봄이 지나가면, 1년 중 서점에서 책이 가장 안 팔리는 4월이 찾아온다. 책이 안 팔리면 인세가 줄어들고, 인세가 줄어들면 지갑이 얇아진다.

물론 책 판매대금이 실시간으로 저자의 통장에 입금되는 건 아니다. 하지만 얼핏 봐도 눈에 띄게 한산해진 서점가 풍경과 출판사 관계자들의 줄어든 말수, 아련한 표정을 보면 다음 인세 정산일의 스산한 풍경이 눈앞에 절로 그려진다. 당연한 얘기지만, 내 수입이 줄어든다고 해서 월세나 공과금이 10원이라도 할인되는 일은 절대 없다.

이런 시기에 할 수 있는 일이라곤 불안을 꾹 참으며 묵묵히 남아 있는 일을 하고, 갖고 싶은 물건들을 담아둔 장바구니 결제를 잠시 미루며 하루빨리 좋은 날이 찾아오길 기다리는 것뿐이다. 4월을 원망하며 잠에서 깨어났지만 결국 아름다운 라일락을 피워낸 〈황무지〉의 새싹처럼, 나의 잔인한 달에도 어떤 작은 결실이 따르길 간절히 기원하면서.

47

폴 오스터
《뉴욕 3부작》

나는 매일 새로운 사람이 된다.

I am new every day.

부모님이 맞벌이를 하신 탓에 초등학생 때까지 할머니 댁을 오가며 자랐다. 당시 그 집에는 늦둥이로 아직 대학생이던 막내 고모가 있었다. 나이 차이가 애매한 고모와 나는 뻔질나게 툭탁거렸다. 고모는 뭐든지 오냐오냐해주시는 조부모님을 대신해 훈육자를 자처했고, 나는 기껏해야 열 살쯤 많은 고모의 잔소리가 그렇게 싫었다.

가장 큰 갈등은 보통 식탁에서 벌어졌다. 나는 아이들이 으레 그렇듯 향이 강하거나 식감이 물컹한 음식을 싫어했다. 고모는 늘 내 몫으로 할당된 생선 껍질과 돼지비계를 다 먹으라고 명령했지만, 나는 그 비리고 흐물흐물한 물질을 도저히 삼킬 수 없었다. 게다가 껍질과 비계는 매번 고모의 접시에도 똑같이 남아 있었다! "왜 고모는 안 먹으면서 나만 먹으래?" 반항심 가득한 내 질문에 고모는 움찔하며 이렇게 답했다. "나는 먹고 싶은데 다이어트 때문에 못 먹는 거야. 이게 얼마나 맛있는 건데!"

꿀밤을 꽁 맞고 분한 눈물을 찔끔거리며, 어린 나는 생각했다. '거짓말쟁이. 맛없어서 안 먹는 거면서. 평생 미워할 거야.'

하지만 그때의 고모보다도 열 살쯤 많은 어른으로 자라나는 사이, 나는 절대 이해할 수 없을 것만 같았던 그녀를 조금씩 이해하게 되었다. 고등학생 때쯤 생선 껍질의 고소한 풍미를 깨쳤고, 어른이 되어 소주를 즐기게 되면서는 비계와 껍데기가 살코기보다 맛나졌다. 성장기가 끝나고 먹는 음식마다 뱃살로 저장되기 시작하면서, 좋아하는 음식을 눈앞에 두고 먹지 못하는 고통도 절절히 실감했다.

스무 살 고모에게 반항하던 편식쟁이 꼬마는 스무 살 청년들을 귀엽게 바라보는 대식가 어른이 되었다. 그사이에 놓인 수많은 변화의 나날 중에 미움이 사라지고 이해가 자라나서 정말 다행이라고 진심으로 생각한다.

버지니아 울프
《자기만의 방》

현재 어떤 재능의 가치를
분명히 말할 수 있다 해도,
그 가치는 변할 것이다.

Even if one could state
the value of any one gift at the moment,
those values will change.

미술을 본격적으로 공부한 적도 없고, 딱히 그 분야에 조예가 깊지도 않지만, 〈해바라기〉와 〈별이 빛나는 밤〉의 빈센트 반 고흐가 당대에 인정받지 못한 화가였다는 사실은 아무리 생각해도 신기하다. 고흐의 그림을 가까이서 자세히 들여다보면 그가 사용한 수많은 색상의 오묘한 조합과 신비로운 조화에 저절로 탄성이 터진다. 몇 세기를 뛰어넘어 감동을 전하는, 근시가 실눈을 뜨고 봐도 천재적인 그 작품들의 창작자가 말년까지도 가난에 시달렸다는 것은 도무지 믿기 어려운 소리다. 하지만 내 갸웃하는 감상과 별개로 그 미스터리한 이야기는 분명한 역사적 팩트인 모양이다.

반면 한 시대를 풍미했음에도 조금만 시간이 지나면 당시에 어떻게 인기를 얻었는지 도무지 이해가 안 되는 창작물도 많다. 당장 과거의 내가 추종했던 패션이나 유행만 봐도, 상당수는 지금 관점에서 도저히 인정하고 싶지 않을 만큼 촌스럽다. 하지만 이러한 트렌드의 창시자들은 재능을 인정받으며 부와 명예를 거머쥐었고, 모르긴 몰라도 그때 번 돈으로 지금도 잘 먹고 잘 살고 있을 것이다.

재능의 가치는 변한다. 비록 지금은 보잘것없는 성과밖에 못 낼지라도, 어쩌면 내가 만들어낸 것들은 무가치한 게 아니라 가치의 속도를 살짝 앞질러가고 있는 중일지도 모른다. "웃기시네. 당신이 고흐라도 된다는 거야?" 누군가는 비웃으며 말할지도 모른다. 하지만 사실은 이렇다. 아직 빛을 못 본 도전자에게는 고흐가 될 가능성이 단 몇 퍼센트라도 남아 있다. 도전도 안 하고 비웃기만 하는 사람은 150여 년 전 고흐를 무시했던 이들과 100퍼센트 똑같은 사람이다.

49

줄리언 반스
《예감은 틀리지 않는다》

역사란
대부분 승자도 패자도 아닌,
살아남은 자들의 회상에
더 가깝다.

It's more the memories of the survivors,
most of whom are neither victorious
or defeated.

친구들과 술잔을 기울이다 보면 한 번씩 이런 얘기가 나온다. "우리 월급 한번 까보지 않을래?" 결혼이니 재테크니 한창 수입에 관심이 많을 시기이기도 하고, 각자 일하는 분야가 다르다 보니 '다른 업계는 얼마나 받나…' 궁금한 마음이 들기도 하는 것이다. 대부분 직장인인 다른 친구들과 달리 내게는 정해진 급여가 없지만, 다 같이 공개하는 분위기에 혼자만 빼기도 뭣하니 대충 평균적인 월수입을 계산해서 얘기한다.

그런데 내가 수입을 공개하면 깜짝 놀라는 분위기가 되곤 한다. 공무원과 은행원, 영업사원의 이야기에는 무덤덤하게 수긍하던 녀석들이 "에이, 거짓말" 하며 도무지 믿지를 않는다. 더 웃긴 건 불신의 이유다. 어떤 아이는 내 벌이가 생각보다 너무 적어서 놀라고, 어떤 아이는 너무 많아서 놀란다. 참고로, (술자리에서 주워들은 연봉 얘기가 진실이라면) 현재 내 수입은 또래 직장인들과 비슷한 평균 수준이다.

어째서인지 프리랜서의 수입에는 왕자와 거지 수준의 극단적 프레임이 씌워져 있는 것 같다. 이 분야에 환상을 지니고 있는 친구들은 내가 막대한 인세 수입에 강연과 유튜브로 짭짤한 부수입을 올리며 호의호식하는 줄 안다. 그럴 때는 이렇게 대답해줄 수밖에 없다. "막대한 인세 같은 소리 하네. 야, 너도 책 안 읽잖아." 반면 이쪽 분야의 업황을 조금이라도 아는 친구는 내 근본적인 생계까지 걱정하고 앉아 있다. "그 정도는 아냐…. 눈에 잘 안 보이는 일감도 꽤 있거든." 머쓱해진 내가 오히려 안심시켜줘야 할 정도다.

극단적인 사례가 눈에 잘 띄어서 그렇지, 프리랜서의 세계도 상당 부분은 나 같은 보통들로 이뤄져 있다. 엄청난 성공이나 실패보다는 꾸준한 노력으로 매일의 생존 싸움에서 소소하게 버텨나가는 사람들. 나는 그 보통들의 일원이라는 사실이 자랑스럽다. 기왕이면 죽기 전에 '수입이 너무 많아서' 친구들을 놀라게 하는 경험을 해보고 싶긴 하지만.

50

다니엘 디포
《로빈슨 크루소》

위험을 향한 두려움은
위험 그 자체보다
천 배쯤 위험하다.

Thus fear of danger is
ten thousand times more terrifying
than danger itself.

인간이란 기본적으로 한 치 앞도 알 수 없는 존재다. 이것은 내가 문자 그대로 철석같이 믿고 있는 몇 안 되는 진리 중 하나다. 다른 건 몰라도 이 부분에서만큼은 철저히 현실적인 사람이 바로 나다. 태어나서 한 번도 사주나 타로 등으로 미래를 점쳐보려고 한 적 없다. 조상님이 꿈에 나와서 로또 번호를 알려주길 바란 적도 없고, 길일이니 흉일이니 손 없는 날이니 하는 미신에는 신경도 안 쓴다. 이른바 '전문가'라는 사람들이 말하는 경제 예측이나 트렌드 전망도 완전히 신뢰할 것은 못 된다고 생각한다. 통계를 기반으로 기초적인 방향성 정도는 제시해줄 수 있겠지만, 2007년 서브프라임 모기지 사태나 2020년 코로나 사태처럼 통계학 수준에서 감당할 수 없는 이슈가 발생하면 순식간에 어긋나고 마는 것이 이런 류의 예측이다.

우리가 할 수 있는 가장 현명한 선택은 현재에 최선을 다한 뒤 다가올 결과를 겸허히 받아들이는 것뿐이다. 미래에 대한 내 신념은 이토록 확고하다. 우스운 일은, 사주에도 통계에도 콧방귀를 뀌며 '진인사대천명'을 외쳐대는 내가 실제로는 세상 그 누구보다 진지하고 심각한 앞일 걱정으로 날이면 날마다 밤잠을 설쳐댄다는 것이다. 마치 종교도 없고 영혼의 존재도 믿지 않으면서 귀신은 무서워하는 꼴이다(사실이 그렇기도 하다).

"미래가 불투명한 프리랜서니까 그러실 수도 있죠." 잘 모르는 사람들은 말한다. 하지만 내가 얘기하는 걱정은 그런 수준이 아니다. 요즘 같은 격변의 시대에 보기 드물게 안정적이었던 과거 사무직 시절에도 미래에 대한 내 두려움은 매 순간 현재 진행형이었다. 당시 내가 다니던 직장은 철저한 호봉제 시스템을 유지하고 있었다. 같은 연차의 구성원은 성과에 따른 차등 없이 동일한 월급을 받았다. 정년은 공평하게 정해져 있었고, 결정적인 사고를 치지 않는 한 누군가 강제 해고되었다는 소식도 들은 적 없다. 개인에게 생길 수 있는 거의 유일한 변수는 몇 년 주기로 찾아오는 승진 시기에 진급이 바로 되느냐, 안 되느냐 정도였다. 그래봤자 '직급 수당' 조로 월급이 아주 살짝 오르는 것 외에는 유의미한 차이가 생기지도 않았지만.

이처럼 '안정'이라는 단어를 한 땀 한 땀 엮어서 만든 듯한 회사에 있으면서도 나는 늘 미래가 두려웠다. 요즘은 100세 시대라는데, 예순도 되기 전에 정년퇴직을 하면 남은 시간은 뭘 하며 보내지? 정년까지 월급을 꼬박꼬박 저축하면 노후대비는 할 수 있을까? 여러 번 진급 누락이 되면 어떡하지? 참을 수 없이 불안할 때면 노트와 펜을 꺼내 정년까지 내가 받을 수 있는 급여 예상액을 쭉 적어보며 주택 구입비나 노후생활비 따위를 몇 번이고 반복해서 계산했다. 지금 생각해보면 정말이지 무의미하기 짝이 없는 짓이었다. 예순은커녕 서른 살도 채 못 넘기고 그만둘 직장이었으니까.

사원증을 반납하고 회사 밖에서 다이내믹한 일상을 보내는 와중에도 늘 엇나가기만 하는 내 걱정병은 영 호전되지 않았다. 수입이 전혀 없던 번역가 지망생 때는 공부에 필요한 시간과 통장에 쌓인 저축액을 꼼꼼히 따져가며 매일같이 허리띠를 졸라맸다. 하지만 저축이 떨어지기 전에 일감을 못 잡으면 아사할 거라던 내 걱정은 역시나 예측을 시원하게 빗겨갔다. 첫 역서를 받기까지의 기간은 생각보다 훨씬 길어졌지만, 사직서를 낼 때는 상상도 못 했던 아르바이트를 시작하면서 예상치 못한 추가 수입이 생겼기 때문이다. 번역가가 되고 어느 정도 고정 거래처를 확보한 다음에도 패턴은 비슷했다. 나는 늘 번역 단가에 작업 가능한 역서 수를 곱해가며 미래에 대한 불안을 달랬지만, 얼마 안 가 직업이 늘어나고 업무 비중이 분산되면서 머리를 싸매고 바들바들 떨며 했던 계산은 다 휴지조각이 되었다.

돌아보면 가까운 미래든 먼 미래든 앞일에 대한 두려움이 그 모습 그대로 실현된 경우는 거의 없었다. 물론 내 삶에도 이따금씩 재난이 들이닥치지만, 그 양상은 언제나 내가 예상했던 것과 한참 달랐다. 무인도에 조난당해 상상도 못한 불운으로 죽을 뻔하고, 동시에 상상도 못한 행운으로 살아남았던 로빈슨 크루소가 말했듯, 진짜 나쁜 것은 알 수 없는 미래가 아니라 그 미래에 대한 두려움인 것이다. 그걸 알면서도, 이렇게 잘 알면서도, 나는 어쩔 수 없이 오늘도 무언가에 바들거리며 힌트조차 얻을 수 없는 앞일을 걱정하고 있다.

51

메리 셸리
《프랑켄슈타인》

세상은 내게 비밀이었으며,
나는 그 비밀을 풀고 싶었다.

The world was to me a secret
which I desired to divine.

한 기관에서 행사 섭외 메일이 왔다. 저자와의 만남 형식의 북콘서트를 기획 중인데, 혹시 ○월 ○○일에 시간을 내줄 수 있겠냐는 내용이었다. 그날은 아직 잡힌 일정이 없었고, 독서 관련 행사는 내가 웬만하면 스케줄을 옮겨서라도 참여할 정도로 중요하게 생각하는 일이기 때문에 딱히 거절할 이유가 없었다. 하지만 그 메일에는 참가자가 준비를 위해 꼭 알아야 할 중요한 정보가 너무 많이 빠져 있었다. 콘셉트가 '북콘서트'이고 진행 날짜가 몇 월 몇 일이라는 점을 제외하면 정확한 주제나 진행 시간, 행사 규모, 개런티 등이 하나도 쓰여 있지 않았다.

나는 긍정적으로 검토해보겠다는 답변과 함께 행사에 대해 조금 더 자세한 정보를 알려주면 감사하겠다는 취지로 회신을 보냈다. 잠시 후 도착한 답장에는 생각지도 못한 내용이 실려 있었다. 마치 글쓴이의 울먹이는 말투가 음성으로 들리는 듯한 귀여운 문장과 함께, 이런 하소연이 담겨 날아온 것이다. "작가님, 죄송해요. T.T 저희가 신생 기관이고 저도 이런 업무를 처음 해봐서 아직 많이 서툴러요. 실례가 안 된다면 행사를 섭외할 때 어떤 정보를 전해드려야 하는지 한 번만 여쭤봐도 될까요? T.T"

컴퓨터 앞에서 쩔쩔 매고 있을 그(그녀?)에게 도움이 되었으면 좋겠다는 마음으로, 나는 행사 섭외와 관련된 업계 관행을 아는 선에서 최대한 자세히 적어 보내주었다. 그 뒤로 몇 번의 메일이 더 오가고, 사소한 부분에서 조율이 이뤄진 끝에, 내 이름은 무사히 북콘서트 참가자 명단에 올라갈 수 있었다.

하고 싶었던 일이 성사되었다는 기쁨과 곤경에 처한 사회 초년생을 도왔다는 보람에 더해, 나는 그 얼굴도 모르는 행사 담당자와 메일을 주고받는 내내 말로 설명할 수 없는 야릇한 기분을 느꼈다. 이런 경험은 처음이었다. 프리랜서라는 목표 하나만 보고 달렸던 그 짧지 않은 기간 동안 뭔가를 몰라서 곤란했던 쪽은 늘 나였으니까. 인맥도 경력도 없이, 어찌 보면 무모하기 짝이 없었던 도전을 하는 동안 내게 프리랜서의 세상은 하나부터 열까지 비밀에 싸인 '그들만의 세상'이었다. 일감은 어떻게 받는 걸까? 계약은 어떻게 하는 거지? 단가는 얼마나 불러야 하나? 포트폴리오란 건 대체 뭐고, 어떻게 만들어야 한담?

"부끄럽지만 제가 경험이 모자라서…", "죄송하지만 아직 잘 몰라서…" 이런 말은 언제나 내 전용 대사였다. 그러는 동안 여러 사람의 호의 덕분에 중요한 정보를 하나씩 습득해갔지만, 돌아서면 프로답지 못한 모습을 보였다는 자괴감에 남몰래 머리를 싸쥐고 우울해하기도 했다. 그런 내가 누군가에게 뭔가를 알려주다니. 무려 '업계 관행'을 가르쳐주고 감사하다는 인사를 받다니. 좌충우돌 온갖 어설픈 모습을 보이며 악착같이 비벼온 세월이 어느새 몇 뼘만큼 쌓였고, 그사이 나 같은 사람도 노하우라고 할 만한 것을 조금은 갖게 되었구나.

물론 나는 여전히 베테랑과 거리가 멀다. 익숙한 분야를 조금만 벗어나면 모르는 것투성이고, 창피한 실수를 저지를 때도 있다. "죄송하지만 잘 몰라서…"로 시작하는 아쉬운 질문도 현재 진행형이며 시도해보고 싶은데 방법을 몰라서 시작조차 못하는 일도 수두룩하다(진짜 모르는 일은 내가 뭘 모르는지도 몰라서 손을 쓸 수가 없다). 그래도 느리게 한 발짝씩 디뎌온 걸음으로 여기까지 왔으니, 언젠가는 조금 더 먼 곳까지도 갈 수 있겠지.

그리고 이번 경험을 통해 새삼 확인했는데, 내가 이 바닥에서 배운 최고의 노하우는 역시 '질문해도 된다'이다. 모르면 물어봐도 된다. 직접 겪어보니, 피도 눈물도 없을 것만 같던 프리랜서의 세상에도 자신이 아는 것을 전해주고자 하는 사람들이 생각보다 많았다. 그들 중 대부분은 아마도 과거의 나처럼 똑같은 과정을 통해 도움을 받으며 성장했을 것이다.

내가 꿈꾸는 세계는 아직도 비밀에 싸여 있지만, 그 비밀은 더 이상 깰 수 없는 철옹성으로 보이지 않는다. 묻고, 나누고, 서로 도우며 살아가는 그곳은 언젠가부터 '그들만의 세상'이 아니라 '우리들의 세상'이 되었다.

52

테드 창
《당신 인생의 이야기》

이 삶의 여정과 결과를
모두 안다 해도,
나는 그 모든 순간을
기꺼이 환영하며 받아들일 것이다.

Despite knowing the journey
and where it leads,
I embrace it and welcome every moment.

삶의 과거와 미래를 바라보는 시선에 영향을 미친 두 개의 장면이 있다. 과거에 대한 관점을 바꿔놓은 장면은 2013년에 방영했던 TV 프로그램 〈꽃보다 누나〉의 인터뷰 신이다. PD가 배우 윤여정과 김희애에게 "돌아가고 싶은 과거의 순간이 있느냐"고 묻자, 둘 다 망설임 없이 손사래를 치며 "전혀 없다"라고 답한다. 살면서 마주했던 온갖 사투와 산전수전을 다시 겪고 싶지 않다는 것이다. 젊은 시절 내로라하는 배우로서 스크린을 장악하고 온갖 인기와 명예를 누렸던 그들이 그때로 돌아가고 싶어 하지 않는다는 사실은 신선한 충격이었다. 처음에는 고개를 갸우뚱했지만, 조금 생각해보니 충분히 이해가 가는 대답이었다.

영화제 여우주연상 급의 엄청난 성취는 없었어도, 내게도 살면서 느꼈던 짜릿한 행복의 순간이 몇 번은 있었다. 원서를 넣었던 대학 중에서 첫 번째 합격 통보를 받았던 날, 12년간 짊어지고 살았던 긴장이 한순간에 녹아내리면서 정신을 차릴 수가 없었다. 그날 밤 자다가 벌떡 일어나 일기장에 휘갈겼던 문장이 요즘도 가끔 떠오른다. "나는 지금 세상에서 가장 행복하다. 이 기분을 평생 잊지 말자." 불안하던 취업 준비생 시절, 대기업 필기전형을 통과했다는 문자를 받았을 땐 다리가 풀려 도서관 복도에서 주저앉았다. 첫 출간 제의를 받았던 순간도 생생하다. 광화문 교보문고에서 책을 고르고 있었는데, 스마트폰으로 도착한 출판사의 메일을 읽고 감격한 나머지 화장실에 들어가 눈물을 찔끔댔었다.

하지만 누군가 그 순간으로 돌아가고 싶냐 묻는다면, 나는 (두 배우와 달리 잠시의 망설임 끝에) '아니요'라고 답할 것이다. 모든 긴장과 노력의 끝인 줄 알았던 대학 입학은 오히려 고생길의 시작이었고, 죽을 동 살 동 입사한 회사는 몇 년 뒤 제 발로 걸어 나왔다. 처음으로 연락을 주었던 출판사와는 훗날 계약 관련 갈등이 생겨 마음고생을 심하게 했다. 그런 기억을 되짚으며 나는 그녀들의 말에 공감했고, 과거의 기억은 기억으로 묻어둔 채 현재를 똑바로 바라보는 그 흔들림 없는 태도를 진심으로 본받고 싶다고 생각했다.

미래에 대한 생각을 바꿔놓은 장면은 테드 창의 SF소설,《당신 인생의 이야기》에 등장한 주인공의 삶이다. 언어학자인 루이스는 '헵타 포드'라고 불리는 외계인과 접촉하고, 그 결과 자신의 미래를 알게 된다. 단순히 "너는 왕이 될 상이니라" 하는 예언 수준이 아니라 앞으로 남은 생 동안 겪게 될 모든 순간을 낱낱이 인지하게 되는 것이다. 그것은 하나의 운명으로서, 노력한다고 해서 바꿀 수 있는 성질이 아니다. 당연한 얘기지만 주인공에게 찾아올 미래는 행복만큼이나 수많은 역경과 고통으로 가득 차 있다. 그중에는 사랑하는 딸을 젊은 나이에 잃는, 한 사람에게 닥칠 수 있는 가장 큰 비극까지 포함되어 있다.

자신 앞에 펼쳐질 운명을 깨달았을 때, 그녀는 외면하거나 도망치는 대신 담담히 받아들이기를 택한다(물론 다른 선택지가 없기도 했지만). 그리고 언젠가 찾아올 슬픔을 알면서도 다른 아이가 아닌 바로 그 아이를 낳고, 사랑을 듬뿍 쏟으며 행복한 시간을 보내다가, 정해진 시간이 되자 아파하면서도 놓아준다. 그리고 이어지는 길을 또다시 걸어간다.

삶의 여정과 결과를 안다 해도 그 모든 순간을 환영하며 받아들이리라 말하는 그녀의 모습은 내게 깊은 인상으로 다가왔다. 그즈음의 나는 불행의 가능성을 극도로 두려워하며 미래를 순수한 행복으로 채워야 한다는 강박관념에 시달리고 있었다. 하지만 매 순간 행복하기만 한 삶이 어디 있을까? 만약 언젠가 불행이 닥친다면, 그때까지 열심히 채웠고 앞으로도 채워나갈 내 인생의 페이지들이 전부 무의미한 휴지 조각이 되는 걸까?

얼핏 보기엔 "돌아가고 싶은 과거가 있나요?"와 정반대 방향이지만, 나는 이 소설이 던진 메시지 또한 결국은 현재에 대한 이야기로 받아들였다. 과거와 미래의 행복과 불행을 모두 껴안고 지금 이 순간에 충실하다 보면 어느 순간 '내 인생의 이야기'가 완성되어 있는 거라고.

윤여정과 김희애의 한마디, 그리고 테드 창의 한 문장 덕분에, 나는 과거와 미래에 쏠려 있던 시선을 약간이나마 현재로 옮겨올 수 있었다. 물론 아직은 부족한 점투성이다. 과거의 강렬했던 기억에 때때로 발목을 잡히고, 미래의 질병이나 사고에 대한 상상은 할 때마다 묵직한 불안이 밀려온다. 하지만 그런 불완전함 또한 현재의 일부라면, 나는 어찌 됐든 인생의 이야기를 써나가고 있는 셈이다. 내 삶이 다 읽고 덮었을 때 자극적인 몇 장면만 남는 책이 아니라 소소하게 흥미로운 불행과 행복의 이야기들로 조곤조곤 엮인 그런 책이 되길 바라면서.

53

서머셋 모옴 《달과 6펜스》

가면을
너무 완벽하게 유지하다 보면
때로 그 가면이 자신의
진짜 모습이 되어버리기도 한다.

Sometimes people carry to
such perfection the mask
they have assumed that
in due course they actually
become the person they seem.

힘든 내색을 잘 못 하는 편이다. 특히 남들 앞에서 개인적인 고민 얘기를 털어놓길 어려워한다. 기본적으로 내성적인 성격 탓도 있고, '말한다고 달라질 것도 없잖아'라고 생각하는 현실주의자(혹은 회의주의자)인 탓도 있다. 하지만 가장 큰 이유는 역시 두려움일 것이다. 내 밑바닥을 남들에게 보인다는 두려움과 그 결과가 무시와 미움으로 돌아올지도 모른다는 두려움.

같은 상황에 대해서도 가능하면 긍정적인 부분만 말하고, 부정적인 부분에 대해서는 그냥 입을 다물었다. 가수 김동률의 노래로 일종의 낭만적인 느낌까지 탑재하게 된 '취중진담'도 내게는 그저 남의 일이었다. "그 자식이 나한테 어떻게 그럴 수가 있어" 하며 친구를 붙잡고 엉엉 울어본 기억도 없고, 모두들 얼큰하게 취기가 올라 속 깊은 고민을 털어놓는 자리에서도 나는 주로 들어주는 역할에 머물렀다.

딱히 늘 밝게 지내는 척하거나 거짓말을 한 건 아니다. 힘든 상황에 대해 굳이 말을 하지 않았을 뿐이다. 하지만 알코올조차 뚫지 못한 감정의 철벽을 치고 오랜 시간 지내다 보니, 어느 순간 내게 실제와 전혀 다른 이미지가 달라붙어 있었다. 한번은 모임 자리에서 누군가 유튜브 채널을 어떻게 만들고 키우느냐고 묻기에 답변을 고민하고 있는데, 옆에 있던 다른 친구가 대답을 낚아채며 말했다. "야, 메리한테 물어보면 어떡해. 얜 그냥 뭘 해도 쉽게 되는 애잖아~." 그냥 그저 그런 지인도 아니고, 10년 이상 절친하게 지내온 친구들이었다. 그렇기에 그 녀석의 얘기에 어떤 비꼼이나 악의도 들어 있지 않다는 사실을 분명히 알 수 있었다. "그건 그렇지"라는 맞장구와 함께 내 등을 두드리며 왁자지껄 웃는 분위기 속에서 나는 문득 뱃속이 뻥 뚫린 듯한 외로움을 느꼈다.

친구의 말은 분명 칭찬이었다. 어쩌면 약간의 부러움도 섞여 있었을지 모르겠다. 하지만 그것은 진실이 아니다. 순수하게 얘기하고 진심으로 웃는 친구들과 어색하게 미소 짓는 나 사이에는 얇고 투명하지만 강철 못지않게 단단한 벽이 있었다. 나는 아니라고 말하고 싶었다. 힘들 때도 많았고, 포기하고 싶을 때도 많았고, 사실은 지금도 힘들고 포기하고 싶다고 털어놓고 싶었다. 하지만 어디서부터 어떻게 시작해야 할지 알 수가 없었다. 나는 그렇게 내면의 가장 깊은 곳, 가장 어두운 곳에 있는 속내를 꺼내 보인 적이 없으니까.

휴학 없이 스트레이트로 졸업한 나는 동기들 중에 가장 일찍 취업문을 뚫었다. 아직 졸업을 몇 학기 남긴 친구들에게 합격 턱을 쏘면서 기쁨을 나눴지만, 취업 준비를 하는 동안 만성 우울에 시달리며 자취방에서 날마다 이불을 뒤집어쓰고 울었다는 얘기는 하지 않았다. 퇴사 후 곧바로 맞닥뜨린 길고 불안한 백수기에도 모임에 나가면 내 몫의 밥값, 술값을 꼬박꼬박 내며 초조한 티를 내지 않으려 온 힘을 다했다. 구독자가 적지 않은 채널을 갖게 되기까지 수년간 아무의 관심도 받지 못하며 온갖 블로그와 SNS를 찌르고 다녔다는 말도 한 적이 없다. 사실 친구들이 알고 있는 지금 유튜브도 내가 먼저 공개한 것이 아니었다. 채널이 커지는 과정에서 몇 명이 우연히 '추천 알고리즘'을 통해 내 영상을 보게 되었고, 그렇게 지인들 사이에 소문이 나면서 자연스레 알려진 것이다.

허무한 마음으로 지난날을 반추하면서 나는 깨달았다. 친구들이 10년 동안 본 내 모습은 항상 이래왔을 것이다. 어둡고 구질구질한 장면은 드라마의 NG 장면처럼 깔끔하게 잘려나가고 완성된 결과물만 매끈하게 이어 붙여져 있다. 비록 의도하지 않았다 해도, 일부러 꾸며낸 것이 아니라 해도, 나는 상대와 같은 수준의 진심을 보이지 않았다는 점에서 내내 가면 뒤에 숨어 있었던 셈이다.

어떻게 하면 놓쳐버린 긴 시간을 뛰어넘어 우리 사이의 투명한 장벽을 깨뜨릴 수 있을까. 먼저 다가가자, 정답은 그것밖에 없었다.

그날 바로 용기를 낼 수는 없었지만, 얼마 후 근무지가 가까운 친구와 삼겹살에 소주를 마시며, 나는 처음으로 취중진담 비슷한 넋두리를 했다. 이것도 힘들고 저것도 안 풀리고… 맘대로 되는 게 없어서 힘들다고.

결과가 어떻게 되었냐고? 대판 싸웠다.

친구는 생전 처음 보는 내 약한 모습을 장난으로 치부했고, 나는 나대로 겨우 쥐어짠 용기가 진지하게 받아들여지지 않자 울컥 서운한 마음이 들었다. 여기에 술기운이 더해지면서 우리는 서로 실망이네, 너 따위 필요 없네, 다시는 안 보네 하며 싸웠다. 그리고 다음 날 술이 깨자마자 화해하고 전보다 더 친해졌다.

속마음을 터놓기란 여전히 너무 어려운 과제다. 하지만 멋진 모습만 보이는 게 멋진 삶이 아님을 이제는 조금씩 알아가고 있다. 약하고 못난 모습까지 공유하고, 서로 기대고 또 받쳐주면서 살아가는 게 인생이겠지. 조금씩 얇아지는 이 벽이 언젠가 완전히 녹아 없어지길 기대하면서, 나는 오늘도 조금씩 연습하고 있다.

54

스콧 피츠제럴드
《위대한 개츠비》

세상에는 오직
쫓는 자와 쫓기는 자,
바쁜 자와 지쳐버린 자가 있을 뿐이다.

There are only
the pursued, the pursuing,
the busy and the tired.

한 독자로부터 메일을 받았다. 팬으로서(이런 단어가 너무 쑥스럽지만 감사하게도 그분이 써주신 표현이다) 내 활동을 꾸준히 지켜보고 있는데, 아무래도 최근 몇 달간 한 사람이 소화하기에 너무 많은 작업물을 내놓는 것 같아 신기하면서도 한편으로 걱정이 된다는 내용이었다. 사용하는 단어나 문장의 느낌으로 미루어 아마도 중년 여성으로 짐작되는 그분은 나를 친딸처럼 생각한다며, 롱런하려면 한 번에 전력질주하기보다 건강과 휴식을 챙기면서 나아가야 한다고 부드러우면서도 단호하게 타일렀다.

메일을 읽고 가장 먼저 든 마음은 감동이었다. 실제로 그 시점에 내가 소화하고 있던 작업량은 거의 살인적이었다. 단행본 원고를 쓰는 동시에 번역도 하면서 유튜브 영상도 만들고, 온갖 매체에 기고도 하고, 강연도 나가고, 독서 관련 기관과 협업해서 북클럽도 진행했다. 여기에 틈틈이 진행하는 단발적인 외주가 화룡점정을 찍어주면 말 그대로 24시간이 모자라는 스케줄이 완성됐다.

하지만 작업량 자체가 아무리 많다 해도 그 결과물이 올라가는 범위가 워낙 넓다 보니 그 모든 일을 따라간다는 건 말처럼 쉬운 일이 아니다. 당사자인 나조차 치고 빠지는 일회성 작업은 전부 기억하지 못하는데, 정말로 엄마 같았던 그 독자 분은 무한히 넓은 온오프라인 세상에 점점이 뿌려져 있는 내 작업들을 하나하나 찾아보고 전체적인 그림을 파악하고 있었다. 그 손에서 출발한 따스한 편지는 정말이지 팬으로서의 정성과 애정 없이는 생각할 수도 보낼 수도 없는 진정한 '팬레터'였다.

파도처럼 밀려왔던 감동이 가시자 모래사장에 흩어진 색색의 조개껍데기처럼 반짝이는 감정의 조각들이 남았다. 일단 먹고살기 위해 죽어라 일궈놓은 텃밭을 알아봐준 사람이 있다는 게 기뻤다. 그 농사에 들어간 수고를 헤아리고 챙겨주는 마음이 다가와 울컥하기도 했다. 창작자로서 자극도 되고 보람도 느껴졌다. 인간적인 놀라움과 뿌듯함과 고마움도 몽실몽실 피어났다.

그런데 누군가의 호의에 실려 날아온 이 보석 같은 감정의 축제를, 나는 이상하게도 온전히 즐길 수가 없었다. 희한한 기분이었다. 분명히 좋은데, 좋으면서도 마음 한가운데 묵직한 돌이 쿵 떨어진 것처럼 당혹스러운 느낌이 들었다.

곧바로 이어서 읽으려던 업무 메일조차 내버려둔 채 한참을 멍하니 모니터만 바라보았다. 초침이 시계를 몇 바퀴 돌도록 시간을 흘려보내고 나서야 이 요상하고 야릇한 감정의 정체가 눈에 들어왔다. 그것은 낯설음이었다. 지난 몇 년간 공적으로, 사적으로 연락을 주고받았던 수많은 사람 중에서, 분명한 목소리로 멈추라고 말한 사람을 나는 처음 만났던 것이다.

세상은 늘 달리라는 메시지로 가득 차 있었다. 사람을 만나도, TV를 켜도, 책을 펼치거나 인터넷에 접속해도, 언제나 끝없이 뭔가를 추구하며 앞으로 나아가야 한다는 말만 가득했다. 달리고 있는데도 늘 부족한 기분이 들었던 건 어쩌면 그 때문이었을 것이다. 젊어서 고생은 사서도 한다고, 노는 물 들어올 때 젓는 거라고, 아픔은 청춘의 당연한 성장통이라고 말하는 그 신기루 같은 메시지들 때문에.

어딜 가나 쫓아오는 그 지긋지긋한 목소리에 마취되어 고민할 겨를도 없이 대학에 가고, 취직을 하고, 끝내 지칠 대로 지쳐서 사표를 던지고 뛰쳐나왔다. 당시에는 그것이 용기라고 생각했고, 감사하게도 프리랜서로 자리를 잡으면서부터는 스스로 꽤 현명한 인간인 양 우쭐댄 적도 있다. 하지만 예기치 못한 타이밍에 만난 '멈춤' 신호는 인정하고 싶지 않았던 진실을 분명히 보여주었다. 나는 겨우 찾아낸 회사 밖 보금자리에서도 똑같은 쳇바퀴에 자신을 밀어 넣은 채 존재하지도 않는 목적지를 향해 쫓기듯이 달리고 있었다.

감정 표현을 쑥스러워하는 성격 탓에, 나보다 정확하게 나를 꿰뚫어본 그 독자 분에게 감사하다는 인사 이상의 호들갑스러운 답장은 하지 못했다. 하지만 지금 이 글을 빌려 전하건대(그분이라면 분명 이 책도 봐주실 것 같다) 그 메일을 계기로 나는 조금씩 속도를 늦추는 방법을 연습하고 있다. 지난달에는 무려 3주 연속으로 주말에 쉬는 기염을 토했다.

어쩌면 피츠제럴드의 말이 옳을지도 모른다. 이 비극적인 경쟁 사회에 인간으로 태어난 이상, 우리는 지칠 때까지 무언가를 쫓거나 무언가에 쫓기는 숙명을 타고나버린 것이다. 하지만 쉼표마저 없으리라는 법은 없다. "달려! 물 들어올 때 노 저으라고!" 여전히 한시도 쉬지 않고 귓가를 맴도는 그 목소리를 향해, 요즘의 나는 가끔씩 이렇게 대답한다.

"할 거야. 할 거라고. 근데 조금만 쉬었다가."

4장

내가 내가 되는 순간

55

아서 코난 도일
《셜록 홈즈의 회상》

사소한 것들이
무한히 중요하다는 말은
내 오랜 좌우명이네.

It has long been an axiom of mine
that the little things are infinitely
the most important.

새우튀김 김밥을 처음 맛보았을 때의 감동은 잊을 수 없다. 바삭한 튀김옷과 탱글탱글한 새우는 고슬고슬한 밥알 사이에서 압도적인 존재감을 뽐내며 평범한 김밥의 품격을 한참 올려놓았다. 싸구려 냉동식품 대신 두툼한 생돈가스를 갓 튀겨 넣은 돈가스 김밥, 뽀득뽀득한 독일식 소시지가 통째로 들어간 소시지 김밥도 인상적이었다. 얼마 전에는 몸값이 수백만 달러에 달하는 할리우드 스타들이 옹기종기 모여 앉아 크림치즈 김밥을 즐기는 영상도 보았다.

김밥이 변신하고 있다. 밥 층은 얇아지고 속 재료는 날이 갈수록 푸짐해진다. 풍성한 메인 재료가 임팩트를 담당하는 동안 신선한 채소는 다채로운 식감과 색감을 책임진다. 하지만 귀티가 흐르는 신상 김밥이 쏟아지는 와중에도, 내 마음속 최고의 김밥은 여전히 대학시절 도서관 매점에서 사먹던 '어머니 김밥'이다.

주머니 가벼운 학생들에게 단돈 천 원짜리 김밥은 말 그대로 엄마처럼 고맙고 푸근한 존재였다. 여름에는 차가운 사이다, 겨울에는 뜨끈한 미니 컵라면을 곁들여도 2천 원을 넘지 않았다. 저렴한 가격만큼 내용물은 단출했지만, 은박지로 투박하게 포장된 어머니 김밥은 든든한 포만감뿐 아니라 신기할 만큼 확실한 미각적 기쁨을 선사했다.

"아니, 이게 어떻게 맛있지? 들어간 것도 진짜 없는데. 단무지랑 채소에 햄 쥐꼬리만큼. 그게 전부잖아." 어느 점심시간 누군가 제기한 본질적 의문에, 맞은편에 앉은 친구가 김밥과 인생의 본질을 동시에 꿰뚫는 날카로운 통찰을 내놓았다. "김이랑 밥으로 만든 거잖아. 사실 김밥이 맛있는 건 대단한 토핑이 아니라 그 두 가지 기본 재료 덕분이라고."

지금도 김밥을 먹을 때면 가끔씩 그 말이 생각난다. 내 일상을 행복하게 만드는 기본 재료가 있다면, 분식집에서 김밥을 사 먹으며 친구들과의 추억을 회상하는 바로 그런 순간들일 것이다.

56

프랜시스 호지슨 버넛
《비밀의 화원》

난 세상 모든 일에
마법이 깃들어 있다고 확신해.

I am sure there is Magic
in everything.

이 글은 스포츠 문외한이 쓰는 야구 이야기이고, 패션 테러리스트가 쓰는 코트 이야기이며, 초능력이라곤 없는 평범한 인간이 쓰는 마법 이야기이다.

먼저 야구에 대한 이야기부터 시작하자. 국내에서 대중적으로 가장 인기 있는 스포츠라고 해도 과언이 아닌 야구에 대해, 나는 놀라울 정도로 아는 게 없다. 스트라이크와 볼도 구분하지 못하고, 작은 눈을 아무리 크게 뜨고 봐도 안타와 파울이 뭐가 다른지 전혀 모르겠다. 한국 프로 야구팀이 지역 연고를 기반으로 운영된다는 사실은 (학창시절 근현대사 시간에 배워서) 알지만, 구체적으로 어떤 팀이 어떤 지역 소속인지까지는 잘 모른다. 사정이 이렇다 보니 매년 여름과 가을마다 들썩이는 야구팬들의 축제 분위기는 나와 전혀 상관없는 일이다. 정확히 몇 월부터 몇 월까지가 시즌인지도 잘 모르고, 어느 식당엘 가도 야구 중계를 틀어주기 시작하면 '아, 슬슬 프로야구 시즌이 시작되나 보다~'라고 어렴풋이 생각할 뿐이다.

하지만 삼성 라이온즈가 5년 만에 한국시리즈 우승을 차지했던 2011년 프로야구는 내게 조금 특별한 의미를 지닌다. 그해 초반, 나는 대학을 갓 졸업하고 정식으로 사회에 첫발을 내디뎠다. 학교생활과는 비교할 수 없이 팍팍한 회사생활에 열심히 적응하고, 매달 통장에 꽂히는 월급만큼이나 다달이 나가는 고정 지출이 생각보다 많다는 사실에 당황하며 정신없이 달리다 보니 입사 첫해는 그야말로 눈 깜빡할 새 지나가버렸다. 이렇다 할 추억도 만들지 못한 채 11월에 있는 생일이 다가왔을 때, 이대로는 뭔가 억울하다는 생각이 들었다. 나는 한 해 동안 고생한 나 자신을 토닥이기 위해, 그리고 직장인으로서 맞이하는 첫 생일을 기념하기 위해 스스로에게 좋은 옷 한 벌을 선물하기로 마음먹었다.

평소에 잘 찾지 않던 백화점에 들러 여성복 코너를 기웃거리는데, 한 매장 쇼윈도의 마네킹이 입은 롱코트가 눈에 확 들어왔다. 따스한 캐러멜 색상에 부담스럽게 번쩍이지 않는 황동색 단추, 아랫단이 원피스처럼 넓게 떨어지는 디자인이 마음에 들었다. 접으면 단정하게 정리되면서도 세우면 목을 포근하게 감싸주는 깃, 무릎 아래로 종아리까지 넉넉하게 내려가는 긴 길이도 추위를 많이 타는 내게 딱 맞을 것 같았다. 매장에 들어가서 직접 입어보니 갖고 싶다는 마음이 더욱 간절해졌다.

하지만 안타깝게도 머리부터 발끝까지 다 예쁜 그 코트의 가격은 전혀 예쁘지 못했다. 가격표에 떡하니 적힌 50만 원이라는 금액은 이제 막 수습 딱지를 뗀 사회 초년생이 옷 한 벌 값으로 지출하기에 너무 큰 돈이었다. '나름대로 의미 있는 생일이잖아. 1년간 열심히 일했으니까, 좋은 옷 한 벌쯤은 질러도 괜찮지 않을까?' '아무리 그래도 한 달 생활비와 맞먹는 돈을 코트 하나에 쓴다는 건 좀 그렇지 않나….' 옷깃을 만지작거리며 깊은 고민에 빠진 내 기색을 알아차렸는지, 수완 좋은 매장 직원이 다가와 사근사근한 목소리로 말을 건넸다. "너무 잘 어울리세요. 이번 기회에 한 벌 장만하지 그러세요. 삼성 라이온즈 한국시리즈 우승 기념으로 딱 오늘까지만 20퍼센트 할인 중이거든요."

세상에. 야구팀이 우승했다고 옷값을 깎아주는 법이 있다니? 쇼윈도의 코트만 보고 홀린 듯이 입장한 탓에 미처 눈치 채지 못했지만, 그곳은 삼성 계열사에서 운영하는 의류 매장이었다. 솔직히 얘기하자면, 그때는 내가 지금보다도 야구에 더 무지했던 시절이라 '한국시리즈'라는 게 뭔지도 정확히 몰랐고 삼성이 운영하는 야구팀 성적에는 더더욱 관심이 없었다. 하지만 이렇게 마음에 쏙 드는 옷을 무려 10만 원이나 저렴하게 살 수 있다는 것은 이유를 막론하고 놓치기 아까운 기회였다. 나는 이름도 얼굴도 모르는 라이온즈 선수들에게 마음속으로 감사 인사를 전하며 기쁜 마음으로 결제를 한 뒤 새로 장만한 꼬까옷을 그 자리에서 입고 매장을 나섰다.

유행을 타지 않는 심플한 디자인에 튼튼한 모직 소재로 된 그 코트는 그날 이후 만 9년 동안 내 겨울 교복이 되어주었다. 패딩 점퍼가 아니면 버티기 어려운 혹한기를 제외하면 거의 모든 겨울 외출에 그 옷이 함께했다. 그사이 나는 팀 이동을 거쳐 첫 사회생활의 무대였던 직장을 떠났고, 20대에서 30대로 나이를 먹었다. 하지만 서늘한 가을바람이 소슬한 겨울바람으로 바뀌면 어김없이 드라이클리닝 비닐에 싸인 캐러멜색 롱코트를 꺼냈다. 가끔씩 옷 칭찬을 해주는 관대한 사람을 만나면 이 코트에 얽힌 소소한 에피소드를 들려주기도 했다. 그러는 동안 내 안에서 2011년은 대학을 졸업한 해이자, 첫 취업을 한 해이자, 삼성 라이온즈의 우승 덕에 제일 좋아하는 옷을 장만한 해로 자연스레 자리 잡았다.

하지만 세월이 야속하게도, 내 소중한 코트는 해가 갈수록 조금씩 낡아갔다. 떨어진 단추와 터진 솔기를 아무리 꼼꼼히 수선해도 바래가는 옷감이나 해져가는 소맷단은 어쩔 수가 없었다. 올해는 정말 새 코트를 장만해야 하나, 매번 고민했지만 막상 옷가게에 가보면 이만한 옷을 찾을 수 없었다. 그렇게 결심을 했다 접기를 몇 번쯤 반복했을 무렵, 또다시 생일이 돌아왔다.

계절상으로는 늦가을이었지만 날이 유달리 추웠기에 코트를 차려입고 가족 식사 장소인 강남의 초밥집으로 향했다. 꽤 오랫동안 차를 타고 이동해서일까, 도착하자마자 소변이 급해진 나는 예약된 자리만 확인하고 곧바로 화장실로 향했다. 시원하게 볼일을 보고 물을 내린 순간… 헉! 며칠 전부터 살짝 달랑거리던 단추 하나가 팅 하고 떨어지더니 변기 속으로 들어가 그대로 물과 함께 내려가버렸다. 정말 0.1초 사이에 벌어진 일이었다. 단추 여분도 없었고, 나온 지 10년이 다 된 옷인 만큼 매장에도 예비 부속품이 있을 리 만무했다. 놀랍고 당혹스러우면서도 순간적으로 웃음이 터져 나왔다. 진심으로 아끼는 옷이었던 만큼, 단추가 그냥 변기에 빠진 정도라면 꺼내서 씻어서라도 다시 달았을 것이다. 그런데 하필 물을 내리는 그 찰나에 떨어져서 아예 손닿지 않는 곳으로 떠나버리다니.

자리로 돌아온 나는 방금 있었던 황당한 사건에 대해 얘기하며 단추 한 짝이 떨어진 코트를 입고 생일 기념 초밥을 먹었다. 그 순간, 오늘이 오래전 이 옷을 만난 바로 그날이라는 사실이 떠올랐다. 작은 우연 덕분에 2011년 생일에 나를 찾아온 코트가 또 다시 작은 우연 때문에 2019년 생일에 나를 떠난 것이다. 이런 일이 일어날 확률을 통계적으로 계산하면 얼마나 될까?

아니, 확률 운운하기에는 너무 개인적인 사건일지도 모르겠다. 애초에 어느 통계학자가 이런 문제에 관심을 갖고 계산기를 두드려주겠는가. 다행히도 나는 이런 경우에 꼭 들어맞는, 조금 더 적절한 단어를 알고 있다. 바로 마법이다. 9년 동안 매 겨울을 함께 났던 그 따스하고 사랑스러운 코트는 마법처럼 살며시 다가와 소중한 시간을 같이한 뒤 마법처럼 신비한 (그리고 두고두고 술자리 안주가 될 만큼 웃긴) 추억을 남기고 떠났다. 평범한 일상에 가끔씩 찾아와 순간을 각인시키는, 확률이라는 말로 뭉뚱그려 설명하기 어려운 그런 일들이 바로 마법이라고 나는 생각한다.

그리고 야구에서 코트로 이어지는 이 일화에는 한 가지 마법이 더 깃들어 있다. 내가 입사한 첫해에 5년 부진의 늪에서 벗어나 가을야구 우승을 거머쥔 삼성 라이온즈는 그 후 내가 회사생활을 하는 내내 연속 우승을 거뒀다. 덕분에 나는 매년 생일마다 할인 가격으로 새 옷이며 구두를 장만할 수 있었고, 라이온즈가 우리나라에서 가장 뛰어난 야구팀이라는 확고한 믿음을 갖게 되었다. 그런데 그 잘나가던 팀이 내가 회사를 그만둔 바로 그해에 우승컵을 놓치더니, 그 뒤로는 지금까지 단 한 번도 한국시리즈에 진출하지 못했다.

여전히 이름 모를 라이온즈 선수단 여러분, 본의 아니게 이런 마법을 부린 것에 대해 심심한 사과의 말씀을 드립니다. 하지만 저는 회사 체질이 아니라서 재입사를 할 수가 없거든요. 그러니 내년에는 부디 분발해주시길 부탁드립니다. (저 새 트렌치코트가 필요해요.)

57

애거서 크리스티
《그리고 아무도 없었다》

넌 세상에 지루함만큼
끔찍한 것이 없다고 생각하지.
하지만 그건 절대 최악이 아니야.

I suppose, boredom is what you dread
most in the world, and yet,
there are worse things.

요즘의 시간은 테트리스처럼 한순간의 빈틈도 없이 흘러간다. 이동하는 시간은 인터넷 서핑으로 채워지고, 잠깐이라도 짬이 나면 습관적으로 SNS를 연다. 콘텐츠 시장은 1초부터 한나절까지 다양한 길이의 시간을 메워줄 여흥거리를 경쟁적으로 내놓고 있다.

나를 비롯한 현대인 한 명이 하루에 보고 듣는 양은 조선시대 사람이 한 달 동안 얻은 지식보다도 많을 것이다. 그런 의미에서 우리는 과거의 인류보다 수십 배 압축된 삶을 살고 있다. 인생이 경험의 집합이라면, 누릴 수 있는 정보가 많아진다는 것은 그만큼 수명이 늘어난 것이나 다름없다.

그런데 얼마 전 이상한 경험을 했다. 하루를 마무리하고 평소처럼 침대에 누워 SNS를 훑었다. 한 시간 가까운 탐독을 마치고 스마트폰을 내려놓는 순간, 문득 방금 본 콘텐츠들의 내용이 거의 기억나지 않는다는 사실을 깨달았다. 짧은 글과 사진으로 이뤄진 피드를 한 시간 동안 봤다면 최소한 수백 개의 정보가 내 눈을 스쳤을 텐데, 복기하려고 아무리 애를 써도 다시 떠올릴 수 있는 건 고작 서너 개뿐이었다.

순간적으로 '치매'라는 방정맞은 단어가 머리를 스쳤다. 그러나 이성을 붙잡고 생각해보니 그런 극단적 가능성보다는 내 평범한 머리가 과도한 정보를 저장하지 못했을 확률이 더 높아 보였다. 실제로 며칠 후 친구들과 이야기를 나눠보니 모두들 비슷한 경험이 있었다.

우리는 엄청나게 많은 정보를 향유하며 산다. 하지만 그 경험의 상당수가 눈과 귀를 스쳐 사라질 뿐이라면 생을 마감할 때 가져갈 기억의 양은 수백 년 전이나 지금이나 다를 바 없을지 모른다. 내 마지막 순간에 남겨질 장면은 수만 개의 희미한 흔적일까, 아니면 강렬하고 아름다운 몇 개의 추억일까. 그 답은 아마도 앞으로 남은 시간을 어떻게 채워가느냐에 따라 달라질 것이다.

마거릿 애트우드
《시녀 이야기》

우리는 자신의 외모를 알기 전에
더 행복했던 게 분명해.

we must have been happier
before we knew what we looked like.

인간은 참 희한한 종족이다. 고통이 없으면 찾아서라도 겪어내고, 전쟁이 없으면 전쟁 같은 상황을 만들어서라도 평안한 삶을 번뇌와 위험 속에 몰아넣는다. 오늘날 대한민국의 10대는 입시 전쟁을, 20대는 취업 전쟁을 겪으며 30, 40대는 육아 전쟁과 청약 전쟁에 목숨을 건다. 총칼이 오가진 않지만 승패에 따라 개인의 운명이 좌우된다는 점에서 전쟁이라는 이름이 꼭 과장이라고만 보기도 어렵다(심지어 입시 전쟁과 육아 전쟁은 국어사전에도 등재되어 있더라). 이러한 현대판 전쟁 중에서도 나이와 세대에 관계없이 가장 많은 인구가 한마음으로 동참하고 있는 것을 하나 꼽으라면, 그것은 바로 '살과의 전쟁', 다이어트일 것이다.

다이어트가 젊은 여성들만의 관심사이던 시절은 예전에 지나갔다. 당장 내 주변에서 다이어트에 가장 큰 관심을 갖고 가장 많은 방법을 체험해본 사람은 50대 중년 남성인 우리 아빠다. 아빠가 '덴마크 다이어트'의 효험을 듣고 온 날이면 한동안 냉장고에 자몽이 넘쳐났고, 모 기업 총수가 즐겨 한다는 '황제 다이어트'에 꽂힌 동안에는 비록 수입산일지언정 매끼 식탁에 고기가 올라왔다. 비단 우리 집만의 얘기가 아닐 것이다. 나이와 성별, 직업을 막론하고 두 명 이상이 만나면 다이어트 얘기가 아예 안 나오는 경우가 더 드물다. 치킨이나 피자처럼 고칼로리 음식을 먹는 자리에서는 반드시 어딘가에서 "살찌는데…"라는 한숨 섞인 한탄이 새어나온다.

이쯤에서 잠깐 재수 없는 소리를 하고 넘어가겠다. 이런 전 국민적인 열풍 속에서, 나는 다이어트와 별로 관계없는 삶을 살아왔다. 외모에 대한 관심이 막 싹텄던 사춘기 시절에는 잠깐 휩쓸린 적도 있지만, 그 외에는 특별히 다이어트 문제로 스트레스를 받지 않았다. 여기에는 두

가지 비결이 있는데, 첫째는 고기부터 생선, 채소까지 골고루 잘 먹는 입맛 덕분이고, 둘째는 정상 범주에 들어가는 체중을 굳이 저체중으로 끌어내릴 유인이 없었기 때문이다. 특별히 사람 만나는 일을 하는 것도 아니고 하루 종일 모니터만 쳐다보는 글쟁이가 모델처럼 깡마른 몸매를 가져봤자 뭐 하겠는가. 그런 이유로, 나는 세상에 넘쳐나는 각종 다이어트법에 큰 신경을 쓰지 않은 채 먹고 싶은 대로 먹으며 마음 편히 지내왔다.

하지만 최근 몇 년 사이 내 행복한 식생활에 빨간 불이 켜졌다. 강연과 영상을 비롯해 얼굴을 드러내는 일의 비중이 차츰 커지면서, 나와는 무관한 일이라고 생각했던 체중 관리 스트레스가 어느새 일상의 한 부분을 차지하게 되었다. 본인이나 주변 사람들은 눈치 채기 어려운 1킬로 전후의 체중 증가도 화면이나 사진에서는 선명히 드러난다. 게다가 직접 얼굴을 마주하고 대화하는 자리라면 예의 때문에라도 꺼내지 못할 말들, “요즘 살이 좀 찌셨네요”, “오늘은 평소보다 통통해 보이네요” 같은 지적을 댓글이나 쪽지로는 몇 배나 쉽게 할 수 있다.

나는 조금씩 다이어트에 집착하기 시작했다. 인터넷으로 체중 감량에 좋다는 각종 정보를 수집하고, 부종 제거에 그만이라는 녹차 레몬수를 열심히 마셔댔다. 촬영 날에는 하루 종일 물을 입에 대지 않는다는 한 연예인의 극단적인 관리법을 따라 하기도 했다. 고기 굽는 날이면 삼겹살과 쌀밥으로 야무지게 쌈을 싸먹던 내가 어느 순간부터 불판 옆에 곁들여 굽는 버섯과 마늘만 깨작대며 입에 넣었다. 그런데 놀랍게도, 이런 노력에도 불구하고 살은 전혀 빠지지 않았다. 아니, 오히려 다이어트 기간 동안 내 체중은 스무 살 이후 최고 수치를 경신했다!

그 원인은 분명했다. 부자연스럽게 억눌린 배고픔과 목마름이 폭식으로 이어지면서 오히려 본래 의도와 정반대의 결과를 초래한 것이다.

병원에서 내린 위장염 진단은 금식이 끝날 때마다 홀린 듯이 시켜 먹은 매운 떡볶이의 부작용이 미용의 영역에만 그치지 않았다는 사실을 증명했다. 고통스러운 절식과 금식으로 잠깐 원하던 몸무게를 달성한 적도 있지만, 그 순간조차도 정상적인 식단으로 정상적인 체중을 유지하던 예전보다 행복하지 못했다.

나는 다이어트를 그만두기로 했다.

싱싱한 상추에 노릇하게 구운 삼겹살과 감칠맛 나는 쌈장을 듬뿍 올려 든든하게 먹는 예전의 생활로 돌아가면서, 내 몸 또한 서서히 원래대로 돌아왔다. 이런 식단으로는 군살 없이 미끈한 모델 체형을 꿈꿀 수 없겠지만, 이제는 그런 걱정 따위 하지 않기로 했다. 그럴 시간에 재밌는 책이나 한 권 더 읽자는 것이 지금의 내 결론이다.

그리고 최근에서야 알게 된 사실인데, 삼겹살 자체보다도 오히려 그 기름으로 튀긴 마늘과 버섯의 칼로리가 더 높다고 한다. 역시 뭐든지 자연스러운 게 제일인 모양이다.

59

《불안》 알랭 드 보통

급한 마음이
꼭 적절한 해결책을
이끌어내는 건 아니다.

An urgent wish is
no guarantor of a sound solution.

나는 구제불능의 방향치다. 초행인 동네에 가면 100퍼센트 길을 잃고, 익숙한 곳이라도 동선이 복잡해지면 여지없이 헤매기 시작한다. 서울에서 가장 복잡한 구조로 유명한 코엑스몰에서 파트타임으로 일하던 시절, 나는 그 몇 달 남짓한 기간 동안 지하철역으로 통하는 출구를 끝내 찾지 못했다. 매번 표지판을 노려보면서 화살표를 열심히 따라가도 정신을 차려보면 엉뚱한 문으로 나와 있는 것이다.

방향치에게는 미스터리한 일이 자주 일어나는데, 그중 하나가 바로 전철이 바뀌는 현상이다. 노선도를 정확히 숙지하고 전철이 움직이는 방향까지 확인한 뒤 타도, 출발한 지 몇 분쯤 지나면 내가 행선지의 반대 방향으로 세 정거장이나 왔다는 사실을 알게 된다.

서울 생활 초창기에는 이런 결함 때문에 곤란한 일이 많았다. 수업에 늦거나 중요한 약속을 그르친 적도 부지기수다. 정말로 시간 맞춰 출발했고, 성의 있게 노선을 확인하고 전철을 탔는데 그게 반대로 가버렸다는 말은 (당연히) 핑곗거리가 되지 못했다.

당혹감을 한가득 안고 복잡한 교통 시스템을 원망하던 나는 어느 날부턴가 전략을 바꿨다. 내가 탄 전철의 방향이 어느 순간에라도 바뀔 수 있다는 사실을 인정하고, 부득이 전철로 이동할 일이 있으면 재미난 책 한 권을 챙겨서 약속 시간보다 여유 있게 집을 나섰다. 방향이 틀리면 패닉에 빠져 머리를 쥐어뜯는 대신 마음 편히 내려 반대 노선을 타고, 틀리지 않으면 감사한 마음으로 일찍 도착해서 책을 읽었다.

나는 지금도 대략 열 번에 한 번 꼴로 전철을 잘못 탄다. 방향을 틀리기도 하고, 호선을 착각하기도 한다. 하지만 "내가 진짜 제대로 탔거든? 근데…" 류의 변명은 더 이상 하지 않는다. 그것만으로도 내 삶은 조금쯤 여유로워졌다. 바쁜 일상 속에서 책 읽을 시간이 요만큼 늘어난 건 덤이다.

펄 S. 벅
《대지》

피로에 지칠 때면 그는
자신의 대지에 누워 잠을 청했다.

When he was weary,
he lay down upon his land and he slept.

세상에서 집이 제일 좋다. SNS를 뜨겁게 달구는 '핫'한 맛집도, 여행 프로그램에 소개된 그림 같은 휴양지도 필요 없다. 집만 있으면 된다. 냉장고엔 늘 차가운 캔 맥주가 상비되어 있고, 찬장에는 내가 좋아하는 주전부리가 가득하며, 침대 위에는 포근한 극세사 이불과 큼직한 쿠션들이 놓여 있는 내 집(등기부등본상으로는 집주인 소유지만, 그래도 월세를 꼬박꼬박 내는 동안에는 내 집이다). 이렇게 열렬한 세레나데로 사랑을 고백할 만큼 나는 집을 사랑한다. 고등학생 때는 '야자'를 땡땡이치고 곧장 집으로 향했으며, 대학 시절에도 공강 시간마다 교문에서 2분 거리인 자취방으로 직행했다.

살면서 내 '집순이력'을 시험한 사건이 몇 번인가 있었다. 가령 회사를 나와 프리랜서가 되었을 때, 많은 이들이 집에서 일할 때 생기는 부작용(집중력 저하, TV와 침대를 비롯한 각종 유혹 요소의 존재 등)을 염려하며 따로 작업 공간을 얻으라고 조언했다. 하지만 나는 그저 매일 아침 집에서 떠날 필요가 없다는 사실에 감사하며 6년째 끄떡없이 집순이 프리랜서 생활을 하고 있다. 사회적 거리두기 캠페인이 한창일 때, 평소 집순이, 집돌이를 표방하던 많은 이들조차 강제적이고 장기적인 은둔 생활에 답답함을 호소했지만 내 생활은 평소와 조금도 달라지지 않았다. 나는 언제나처럼 일주일 내내 현관 밖으로 한 걸음도 나가지 않은 채 집에서 일하고 놀고 밥도 차려 먹으며 졸지에 정부 지침을 누구보다 성실히 따르는 모범 시민이 되었다.

내 집은 나의 대지다. 바깥세상의 경쟁과 욕망에 지쳐버린 몸을 뉘이고 쉴 수 있는 나만의 대지. 나는 지금도 침대에 엎드려서 이 글을 쓰고 있다. 마감에 맞춰 원고를 써야 한다는 초조한 압박감을 포근한 흙(극세사 이불)과 충만한 양분(과자와 젤리)의 힘으로 정화하면서.

61

로버트 루이스 스티븐슨
《지킬 박사와 하이드》

인간은 하나가 아니라
두 개의 자아로 이뤄진 존재다.

man is not truly one, but truly two.

여동생과 나는 세 살 터울이다. 우리는 서로의 외모가 완전히 다르다고 생각하지만 사실 주변에서 닮았다는 얘기를 많이 듣는다. 동생은 엄마를 닮아 서양인처럼 짙은 쌍꺼풀과 얇은 입술을 지녔고, 나는 아빠 유전자를 더 많이 물려받아 쌍꺼풀 없는 눈매와 도톰한 입매를 타고났다. 이렇게 눈 코 입을 하나하나 뜯어봤을 땐 공통점이 없다시피 한 자매인데 신기하게도 전체적인 느낌은 꽤 비슷한 모양이다. 웃을 때 눈꼬리가 휘어지는 모양이라든지 대화할 때 나오는 표정과 목소리가 꽤나 닮아서, 이목구비보다 인상에 중점을 두는 사람은 종종 우리 둘을 구분하지 못하기도 한다.

이처럼 외모 면에서는 다른 듯 닮은 우리 두 사람이지만, 성격만큼은 정말로 비슷한 구석이 거의 없다. 기본적인 인생관부터 성격, 취향, 인간관계를 대하는 태도까지 너무 달라서 가끔 '얘가 나랑 한배에서 나오고 같은 환경에서 자란 아이가 맞나' 싶은 생각까지 든다. 우리를 모두 아는 이들은 하나같이 '서씨 자매'의 성격을 정반대로 평가한다. 희한한 것은, 그들이 자신 있게 묘사하는 동생과 나의 천성이 사람에 따라 완전히 달라진다는 것이다.

학창 시절, 우리 중에 '일반적인 학생'의 이미지에 더 부합하는 것은 단연 내 쪽이었다. 나는 그야말로 평범한 여중생이자 여고생이었다. 안경을 쓰고, 어깨 길이의 머리를 뒤로 질끈 동여매고, 어느 한 곳 줄이거나 늘이지 않은 표준 사이즈의 교복을 입고 학교와 집을 왕복했다. 꾸미기에 눈을 뜨기 시작한 친구들이 용돈을 모아 화장품을 사거나 머리 모양을 신경 쓸 무렵에도 특별히 치장하고 싶다는 욕구를 느끼지 않았다. 가끔은 친구들과 시내 피자집이나 극장에 가기도 했지만 대개는 주말에도 집에서 시간을 보냈다. 운동에는 별 취미가 없었고, 좋아하는 빵이나 과자를 잔뜩 쌓아놓고 종일 책을 읽는 것이 인생의 가장 큰 낙이었다.

반면 동생은 요즘 말로 하면 '인사이더' 타입에 가까웠다. 활발한 동생은 늘 친구들에게 둘러싸여 있었고 외모에 대한 관심도 나보다 훨씬 컸다. 교복은 체형에 맞게 맵시 있게 줄여 입었고 등교하기 전에는 발그레한 핑크빛 립밤을 발랐다. 노래도 잘하고 운동신경도 좋아서 학교 축제나 체육대회 같은 행사에서는 늘 히로인으로 활약했다. 동생이 주말에 집에 붙어 있는 모습은 거의 본 적이 없다. 한곳에 오래 머무르기를 답답해하던 동생은 공부를 하든 취미생활을 즐기든 무조건 집 밖에서 해야 한다는 원칙을 고수했다. 그 시절 우리를 지켜본 친구들과 선생님들(동생과 나는 같은 고등학교를 나와서 은사님이 겹친다)이 나를 얌전한 모범생으로, 동생을 끼 넘치는 재간둥이로 여긴 것은 지극히 자연스러운 인과관계였다.

그러나 성인이 된 우리는 과거와 전혀 다른 반대 노선을 탔다. 사범대에 진학한 동생은 그 넘치는 활기를 상상하기 어려울 정도로 진중하게 책상 앞에 엉덩이를 붙이고 앉아 있더니 졸업하자마자 임용고사에 합격해서 교사가 되었다. 사회생활에도 잘 적응해서 어린 제자들부터 나이 드신 선배 선생님까지 모두와 좋은 관계를 유지하고, 어느덧 7년 차가 된 지금까지도 직업 사랑이 남다르다. 지금의 동생을 아는 이들은 그녀의 삶을 '안정'과 '원만'이라는 두 단어로 묘사한다.

모두의 예상을 뒤집으며 안정적인 길을 포기하고, 튀는 자들과 끼 있는 자들이 득실대는 크리에이터의 세계로 뛰어든 것은 오히려 내 쪽이었다. 동생과 나를 모두 가르쳤던 D여고 은사님들이 지금 우리 모습을 안다면 분명 이런 반응을 보이실 것이다. 회사를 그만둔 게 메리라고? 핸드폰으로 영상을 찍어서 인터넷에 올리는 사람이 언니 확실해? 다시 한번 잘 확인해봐. 동생 쪽인데 착각했을 거야.

누구는 나를 평범한 학교 친구로, 누구는 특이한 직장 동료로 기억한다. 동생 또한 누군가에게는 활기 넘치는 소녀로, 누군가에게는 건실한 사회인으로 기억될 것이다. 하지만 누구보다 가까이서 오랜 시간 함께한 우리는 서로가 변했다고 생각하지 않는다. 동생은 언제나 정해진 규칙의 테두리를 벗어나지 않으면서도 그 안에서 인생을 즐길 줄 아는 사람이었다. 학기 중에는 수업 준비로 날밤을 새고, 방학이 되면 훌쩍 한 달짜리 배낭여행을 떠나는 일상은 둘 다 지극히 그녀다운 모습이다. 나는 소심하고 정적인 동시에 마음속으로는 늘 호기심 많은 몽상가 기질을 품고 있었다. 글과 영상을 통해 꿈꾸고 상상했던 것들을 한껏 풀어놓고, 노트북을 덮으면 다시 조용한 집순이의 일상으로 돌아오는 내 삶의 양면은 모두 진실로 나다운 모습이다.

헨리 데이비드 소로
《월든》

가식적인 인간 사회여,
세속적인 위대함을 좇느라
천상의 즐거움을
공중에 흩어 보내는구나.

The false society of men—
for earthly greatness
All heavenly comforts rarefies to air.

요즘 인터넷 공간에서 가장 많이 보이는 콘텐츠 중 하나가 각종 '취미 클래스' 광고다. 기분전환이라는 핑계로 하루의 태반을 인터넷 서핑에 쏟아붓는 프리랜서가 하는 말이니 믿어도 좋다. 어느 사이트에 방문해도, 어느 SNS를 켜도, 그림이나 악기연주, 조각, 꽃꽂이, 가죽공예처럼 멋지고 특별한 취미를 만들어준다는 온오프라인 수업 광고가 넘쳐난다.

예전 같으면 호기심이 있어도 쉽게 배울 수 없었던 분야에 가볍게 접근하는 통로가 생겼다는 것은 긍정적인 변화라고 생각한다. 하지만 취미마저 '멋지고 특별해야' 한다고 은연중에 강요하는 분위기가 생겨나는 것은 조금 염려스럽다.

취미는 일상의 쉼표다. 멍을 때리든, 만화책을 쌓아놓고 낄낄대든, 하루 종일 의무에 충실했던 우리가 하고 싶은 일을 하며(혹은 하기 싫은 일을 하지 않으며) 소진된 에너지를 충전하는 짧고 소중한 시간인 것이다. 취미생활은 그 누구의 평가도 지적도 받지 않는 나만의 온전한 방공호여야 한다. '무슨 일 하세요?' '어느 회사 다니세요?' 이런 질문만으로도 충분히 피곤한 우리네 인생에 '취미가 뭐예요?'라는 질문에까지 멋진 대답을 내놔야 한다는 압박이 생긴다면 도대체 무슨 낙으로 살아가란 말인가.

자본주의 시대의 사업가들이 이런 소수 의견에 귀 기울여줄 가능성은 별로 없겠지만, 그래도 혹시 이 글을 보게 된다면 '남들과 다른 특별한 취미, 가죽공예에 도전하세요'처럼 강압적인 광고 카피를 '가죽공예에 관심 있는 분들에게 방법을 알려드려요' 같은 온건한 문장으로 바꿔주셨으면 좋겠다. 이 세상이 배달음식 전단지 비교 같은 별거 아닌 취미를 지닌 나 같은 사람에게도 살 만한 곳으로 남아 있도록.

63

비 윌슨
《식사에 대한 생각》

**품절된 것은
집에서 요리한
평범하고 일상적인 식사다.**

The thing that seems to be
in short supply now is
the everyday, unglamorous
home-cooked dinner.

집밥이라는 말이 없었던 시절을 기억한다. 밥이란 당연히 집에서 먹는 것이었기에 굳이 '집밥'이라고 부를 필요가 없던 때. 꼬마 시절의 나와 친구들은 '외식'을 자주 하는 집을 부러워했다. 부엌 식탁에 맨날 올라오는 투박한 나물 반찬 말고 분위기 좋은 식당에 가서 피자나 돈가스처럼 이국적인 음식을 '칼질'해서 먹는 외식. 하지만 그런 행운은 자주 찾아오지 않았다. 외식이란 집 밖에서 음식을 사 먹는 일상적인 행위가 아니라 우리 자매의 생일이나 부모님의 결혼기념일처럼 중요한 날에나 가끔 누리던 특별한 가족 행사였다.

30대 초반인 지금 내 나이를 생각하면 당시가 딱히 옛날 옛적도 아닌데, 그사이 우리 식탁에는 그야말로 엄청난 변화가 생겼다. 전반적인 소득이 올라가고 그만큼 시간이 줄어들면서 매끼 주방에서 밥을 차린다는 것은 그 자체로 사치이자 낭비가 되었다. 경제적 관점에서 보면 30분을 들여서 식사를 준비하고 같은 시간을 들여서 먹고 또 그 만큼의 수고를 더해 설거지와 뒷정리를 하느니, 몇천 원짜리 식당 밥을 사 먹고 남은 시간에 일을 하는 편이 훨씬 이익이니까.

집밥과 외식의 위상은 그렇게 뒤바뀌었다. 지금의 우리는 특별한 일이 없어도 일상적으로 밖에서 밥을 먹는다. 아니, 특별한 일이 있어야 집에서 밥을 차린다. TV와 영화에서는 앞다퉈 '삼시 세 끼'의 그리운 이미지를 판매하고, 해사한 연예인들이 직접 차린 밥을 복스럽게 먹는 모습은 흥행을 보장하는 콘텐츠가 되었다.

시대의 흐름에 따른 어쩔 수 없는 변화라고 생각은 하면서도, 가끔은 집밥을 화면으로만 볼 수 있게 된 오늘의 현실이 왠지 서글프다. 우리 집은 왜 맨날 풀만 먹냐고 칭얼대며 받았던 밥상 위의 그 소담한 나물들을 그때 좀 더 열심히 먹어둘걸, 하고 작은 후회도 해본다.

포레스트 카터
《내 영혼이 따뜻했던 날들》

할머니는
상대를 이해하는 것이
마음을 크고 튼튼하게 가꾸는
유일한 길이라고 하셨다.

If you use it
it got bigger and stronger.
She said the only way
it could get that way was
using it to understand,

창작을 하면서 가장 당혹스러운 순간은 실수가 발생했을 때다. 분명히 원고를 열 번 넘게 읽으며 검토했는데, 막상 책으로 인쇄되고 나면 꼭 어딘가에서 오타가 나온다. 팩트 체크에 아무리 신경을 써도 때로는 숫자나 이름을 틀리게 말하고, 가끔은 확실히 아는 맞춤법마저 틀린다. 이 모든 책임은 창작자인 내게 돌아온다. 누가 써준 내용을 그대로 읊은 것도 아니고 내가 직접 만든 콘텐츠이니 내용에 실수가 있을 때 지적과 비판을 감수하는 것도 당연히 내 몫이다.

하지만 그런 경험을 통해 얻게 된 인간적인 장점도 있다. 인지한 순간 등골이 서늘해지는 몇 차례의 실수를 겪으면서, 나는 남의 실수에 꽤 관대해졌다. 다른 사람이 만든 콘텐츠에서 작은 오타나 오류를 발견해도 웬만하면 '그럴 수도 있지' 하며 이해한다. 실수를 알아채고 식은 땀을 흘렸을 저자나 편집자에게 마음으로나마 위로를 보내기도 한다. 불완전한 창작자의 자기변명이라고 해도 어쩔 수 없지만, 어쨌든 이러한 변화는 내면의 평화와 더불어 실수 한 번으로 상대를 평가하지 않는 여유를 가져다주었다.

얼마 전 나이 지긋한 저자가 쓴 인문서를 읽다가 초반 부분에서 오타를 발견했다. '줄임말은 **대게** 단어의 앞 글자를 따서 만든다.' 철자법 오류에 마냥 예민하게 반응하던 과거의 나였다면 일단 눈살부터 찌푸렸을 것이다. 그 시점에 이미 책에 대한 신뢰를 잃었을지도 모른다. 하지만 그 실수를 본 순간 내 머리에 가장 먼저 떠오른 생각은 이랬다. '대게 먹고 싶다….'

책은 꽤 재미있었고, 독서를 마치자마자 마트로 달려가서 사 온 게맛살은 맥주 한 캔을 따서 맛있게 먹었다. 할아버지 저자의 귀여운 실수를 이해한 보상으로 내가 받은 것은 평온한 마음과 대게맛 맛살의 소소한 즐거움이었다.

마가렛 미첼
《바람과 함께 사라지다》

내일은
또 다른 하루가 시작될 테니까!

Tomorrow is another day!

자잘하게 눈가를 수놓는 주름부터 후덕하게 친근해지는 뱃살까지, 가끔 한 번씩 보는 거울 속 내 모습은 어느덧 누가 봐도 '성장'이 아닌 '노화'의 단계로 진입하고 있다. 비단 외모의 변화만이 아니다. 10대, 20대가 사용하는 신조어는 점점 알아듣기 힘들고, 인터넷에 돌아다니는 '아재 테스트'에서는 남부럽지 않은 고득점을 기록한다(수능을 이렇게 잘 봤더라면…). 체력은 어쩌나 급속도로 떨어지는지, 택시 할증료가 아깝다며 첫차가 다닐 때까지 술을 퍼마셨던 몇 년 전의 기억이 진짜 내 것이 맞는지 의심스러울 지경이다.

노화는 여러모로 귀찮고 두려운 일이다. '젊음에 집착하지 말아야지', '자연스럽고 현명하게 늙어가야지' 생각하다가도, 주름 개선이나 피부 재생을 도와준다는 안티에이징 화장품을 보면 저도 모르게 지갑이 열린다. 나이에 걸맞은 성취를 거머쥐지 못한 것도 무섭고, 내가 도저히 감당하지 못할 것만 같은 온갖 책임이 다가오는 것도 버겁다.

하지만 나이 듦에 꼭 단점만 있는 것은 아니다. 아직 인생의 진리를 찾았다고까지 말하기엔 내공이 한참 부족하겠지만, 적어도 보송보송한 피부에 최신판 신조어를 자유자재로 구사하던 시절과 비교하면 마음속에 휘몰아치던 불안과 번뇌의 불꽃이 꽤 사그라졌다. 미래는 여전히 한 치 앞도 알 수 없고, 과거를 돌아보면 딱히 이뤄놓은 것도 없지만, 마음만큼은 더 평온하다. 이런 역설적인 현상이 가능한 이유는 아마도 나이를 먹는 동안 많은 것을 받아들였기 때문일 것이다.

나는 내가 대단한 사람이 아니라는 사실을 받아들였다. 원하는 것을 모두 이룰 수 없다는 사실도 받아들였다. 실수와 후회는 애초에 피할 수 없는 존재라는 사실과 최선을 다해도 떠날 사람은 어차피 떠난다는 사실을 받아들였다. 그중에서도 깨닫기 전후로 가장 큰 변화가 일어났던 삶의 본질은 아무리 마음을 다스려도 이따금씩 우울이 찾아온다는 사실이었다.

모든 사람에게 해당되는 얘기인지는 모르겠다. 하지만 적어도 내 시간 속에는 한겨울의 함박눈처럼, 장마철의 장대비처럼 간헐적으로 우울이 찾아온다. 눈과 비는 계절로 예측할 수나 있지, 우울이란 녀석은 자기가 환영받지 못하는 손님인 걸 알기라도 하는지 일기예보도 없이 갑작스레 들이닥친다. 어떤 때는 생리주기와 맞물리나 싶다가도 또 다음 달에는 멀쩡하고, 과로가 원인일까 생각했는데 휴가를 즐기는 중에 느닷없이 맞닥뜨리기도 했다.

일상에 침투해서 모든 풍경을 우중충하게 흐려놓는 우울이 나는 참 미웠다. 한번 잘못 걸리면 의욕이 급감하면서 일도 인간관계도 어그러지고, 우울이 만들어낸 부정적 결과물이 더 큰 우울을 불러오면서 악순환의 고리에 빠지기 일쑤였다. 나는 이 무의미하고 무가치한 감정의 찌꺼기를 몰아내기 위해 온갖 방법을 시도했다. 비타민 D 결핍이 원인이라길래 주기적으로 햇빛을 쐬고, 행복 호르몬 분비에 도움이 된다는 보충제도 사서 먹었다. 몸을 움직이라는 조언을 생각하며 식사 후에 동네를 산책하고, 마음을 토닥이기 위해 밝은 줄거리의 책을 찾아 읽었다. 하지만 소용없었다. 이 정도면 물리쳤겠지, 하고 안심하는 순간 놈은 어느새 대문을 넘어서 침대 머리맡까지 바싹 다가와 있었다.

우울과 나 사이에 극적인 화해가 이뤄진 것은, 내가 스스로 통제할 수 없는 감정의 바닥을 받아들이면서부터였다. 나는 더 이상 우울을 무작정 내치려 하지 않는다. 아니, 그럴 수 없다는 사실을 인정한다.

부정 대신 공존을 택하자 날씨의 변화처럼 자연스레 스미는 우울의 기척을 느낄 수 있게 되었다. 비가 오기 전에 날이 먼저 흐려지듯, 기분이 늪지 바닥으로 가라앉기 전에는 꼭 꾸물꾸물한 전조증상이 찾아온다. 아침에 일어났을 때 마음의 상태가 평소와 다르다 싶으면 슬슬 대비를 시작한다. 그리고 본격적인 우울기가 찾아오면 가만히 웅크린 채 이 시간이 지나가길 기다린다. 응급약(떡볶이와 맥주)도 큰 도움이 되지만, 가장 중요한 건 우울이 언젠가 반드시 지나가리라는, 경험을 통해 얻은 확실한 믿음이다.

오늘이 바닥이라고 해서 내일까지 바닥인 것은 아니다. 어느 번역가가 '내일은 내일의 태양이 뜰 테니까'라고 멋들어지게 의역한 덕에 더욱 유명해진《바람과 함께 사라지다》의 대사처럼, 내일은 또 다른 하루가 시작될 테니까. 오늘도 우울이 왔다. 하지만 나는 이제 괜찮다.

66

폴 오스터
《달의 궁전》

모든 인간은
자기 인생의 작가이다.

Every man is
the author of his own life.

SNS는 꼭 도서관 같다. 우리는 도서관 복도를 걸으며 수많은 책등을 훑어가듯 SNS 피드를 내리며 수많은 사람의 일상을 훑는다. 시선을 사로잡는 제목을 만나면 잠시 멈춰 서서 표지를 펼쳐보고(계정을 클릭해서 더 많은 글과 사진을 확인하고), 재미있으리라는 확신이 들면 대출을 받는다(팔로우 버튼을 누른다).

옆집 숟가락 개수까지 다 알았다던 〈응답하라 1988〉 시대의 생활과는 사뭇 다른 양상이지만, 초고속 인터넷 시대 현대인들도 나름 타인과 교류하며 살아가고 있다. 그 대상이 이웃보다 조금 멀리 떨어진 사람이요, 그 방법이 얼굴을 마주한 대화보다 조금 간접적일 뿐. 누가 뭐래도 사진으로 일상의 한 부분을 잘라내어 가상공간에 공유하는 행위는 시간을 초 단위로 쪼개 사는 바쁜 일상 속에서 나만큼 바쁜 또 다른 이들과 소통하는 꽤 효율적인 방법이다.

이 일상의 도서관을 거닐다 보면 모든 책에 저마다의 장르가 보인다. 순간의 단편적인 장면과 생각으로 구성된 여러 날의 기록이지만, 그 기록이 모이면 어느새 삶을 바라보는 시선이 담긴 뚜렷한 방향이 생겨나 있다. 어떤 책은 달달한 로맨스 소설이고, 어떤 책은 날카로운 풍자극이다. 모험과 신비가 가득한 여행기도 있고, 눈과 입의 즐거움을 추구하는 미식 잡지도 있다.

이 모든 장르 중 가치 없는 이야기는 없다. 모두의 책에는 저마다의 재미와 의미가 있다. SNS의 부작용을 비판하는 목소리가 높고, 나 또한 그중 몇 가지에 동의하는 입장이지만, 불완전한 인간인 우리가 (실제로는 되는 일 없을 때투성이인) 일상의 장르를 스스로 결정할 수 있게 해준다는 점에서만큼은 이 기술의 경이로운 능력에 순수하게 감탄하고 싶다.

67

안드레 애치먼
《콜 미 바이 유어 네임》

어떤 사람들은
자신의 마음을 아프게 할 만큼
의미 있는 상대를 찾지 못해서
괴로워한다.

Some people may be brokenhearted (…)
because they've never found
someone who mattered enough to hurt them.

몇 년째 찾아 헤매는 과자가 있다. 집 앞 전철역에 있던 '세계 과자점'에서 우연히 사 먹은 과자였는데, 노란색 박스에 담긴 어린아이 손바닥만 한 비스킷으로 윗면에 거북이 캐릭터가 그려져 있었다. 파격 세일이라는 문구만 보고 우연히 집어 왔다가 그 맛에 홀딱 반한 나는 그날부터 가게에 출근 도장을 찍으며 열심히 노란 박스를 사다 날랐다.

그 파격 세일이 점포 정리의 신호였을 줄이야. 어느 날 문을 닫은 가게는 얼마 후 옷가게가 되었고, 나는 그날 이후로 두 번 다시 운명의 과자를 만날 수 없었다.

평범한 동네 과자가게에서 팔던 비스킷을 구하기가 이렇게 어려우리라고는 상상도 못 했다. 하지만 눈에 띄는 가게는 물론 각종 구매 대행 사이트, 제조사 홈페이지까지 확인해도 똑같은 과자는 다시 발견되지 않았다. 그렇게 길고 긴 추적사가 시작되었다. 그까짓 과자 하나에 무슨 유난이냐는 얘기도 많이 들었고, 초반의 열정적인 노력에 성과가 없자 맥이 풀리기도 했다. 그럼에도 이 추적이 지금까지 이어진 건 우연히 들은 어떤 말 한마디 덕분이었다.

어느 날 거래처 사람과 미팅 장소로 향하는데 처음 보는 과자점이 눈에 띄었다. "저기 한 번만 들르면 안 될까요? 제가 찾는 과자가 있거든요." 간단히 사연을 설명하고 가게로 들어가서 늘 그랬듯 성과 없는 수색을 마쳤는데, 그분이 말했다. "참 부럽네요. 간절히 찾고 싶은 뭔가가 있다는 게요." 이 말을 듣고 깨달았다. 헛걸음할 때마다 아쉽고 속상하지만, 그래도 그 비스킷과의 달콤한 추억 덕분에 흔한 과자 가게 하나를 봐도 마음 깊은 곳에서 설렘이 솟아난다는 걸.

지금도 나는 '과자점'이라는 간판을 보면 습관적으로 들어가서 노란 박스를 찾는다. 그때마다 생각한다. 어쩌면 평생 못 만날지도 모르지만, 간절히 그리운 대상이 있다는 것만으로도 나는 행운아라고.

톰 슐만 / N. H. 클라인바움
《죽은 시인의 사회》

우리 삶의 목적이 될 수 있는 건 시와 아름다움, 로맨스, 사랑 같은 것들이야.

But poetry, beauty, romance, love:
these are what we stay alive for.

감정은 신체의 물리적 변화를 가져온다. '가슴이 철렁'이라든지 '등골이 오싹' 같은 표현은 단순한 비유가 아니라 실제로 일어나는 현상을 말로 옮긴 것이다. 나는 어릴 때부터 다양한 감정을 유달리 크게 느끼는 편이었고, 덕분에 뱃속의 장기들이 하루에도 몇 번씩 본래의 용도와 무관하게 격렬한 운동을 거듭한다. 깜짝 놀라면 염통이 배꼽까지 쿵 떨어지고, 조금만 당황하면 볼과 귀의 혈관이 터질 듯이 팽창한다. 공포영화라도 볼라치면 복근과 목젖이 번갈아가며 수축과 이완을 반복한다(귀신이 나올 때마다 복식호흡으로 소리를 지른다).

하지만 당황할 때, 긴장할 때, 무서울 때만 이런 변화가 일어나는 것은 아니다. 레이나 소피아 미술관에서 〈게르니카〉 원화를 영접한 순간 내 심장은 혈액순환이라는 본분도 잊은 채 덜컥 멈춰 섰다. 20번쯤 본 영화 〈비포 선라이즈〉 속 두 주인공의 꽁냥대는 로맨스를 보고 있자면 종종 명치 부근이 뻐근하게 조여온다. 그럴 때면 감상을 계속하기 위해 잠시 일시정지 버튼을 누르고 여운을 가라앉혀야 한다. 핸드드립으로 내린 아이스커피와 좋아하는 봉지 과자를 찔끔찔끔 먹으며 머릿속에 떠오르는 구절들을 한 문장씩 워드 파일로 옮길 때, 가끔씩 코끝이 찌잉 하고 울리는 순간이 있다. 아, 내가 이런 순간을 얻기 위해 월급과 상여금과 퇴직금과 4대보험을 포기했구나, 하고.

돈과 안정의 가치를 무시하려는 것이 아니다. 하지만 가끔은 (주로 글이 술술 잘 써질 때) 《죽은 시인의 사회》의 '캡틴', 키튼 선생님의 대사를 떠올리며 고개를 끄덕이게 된다. "의술, 법, 사업, 기술. 이런 것들은 삶을 유지하기 위해 꼭 필요한 고귀한 일들이지. 하지만 우리 삶의 목적이 될 수 있는 건 시와 아름다움, 로맨스, 사랑 같은 것들이야."

그 목적을 이루는 가장 좋은 방법은, 어쩌면 몸이 보내는 신호를 정직하게 따라가는 것일지도 모르겠다.

69

콜린 멜로이
《와일드우드 연대기》

명상을 해. 그게 열쇠야.
마음을 완전한 고요 속으로 가라앉혀(…)
그러면 들을 수 있어.

Meditation. That’s the key.
(…) Calming your mind into total silence.
(…) You do that, and you can hear it.

같은 단어를 계속 듣거나 말하다 보면 순간적으로 그 의미가 혼란스러워지는 경험, 누구나 한 번쯤 해보았을 것이다. 가령 '사과'라는 단어를 열 번, 스무 번 반복해서 중얼거리면 어느 순간 그 소리가 빨갛고 새콤달콤한 과일을 가리키는 의미 있는 단어가 아니라 그저 무의미한 글자의 집합처럼 어색하게 느껴진다. 이런 현상을 심리학에서는 '의미 포화'라고 부른다(보통은 '게슈탈트 붕괴현상'으로 더 잘 알려져 있다).

그런데 매일 몇 시간씩 글을 쓰며 살다 보면 가끔 단어 수준이 아니라 '글' 자체에 비슷한 혼란이 찾아오기도 한다. 단순히 글이 안 써지는 것과는 다르다. 몇 달째 작업 중인 에세이 원고를 쓰려는데, 갑자기 머리가 아득해지면서 근본적인 혼란이 밀려오는 것이다. '에세이가 뭐지? 그게 어떻게 쓰는 거였지? 무슨 문장을 어떻게 엮어야 글이 되는 거였지?' 나는 심리학자가 아니므로 이게 의미 포화와 정확히 같은 현상인지는 모르겠지만, 끝없이 반복된 작업으로 인해 머릿속이 완전히 엉켜버린다는 점에서 기본 원리는 비슷하지 않나 생각한다.

처음에는 당혹스럽고 두려웠지만, 이제는 약간의 노하우가 생기면서 자연스러운 대처법을 알게 되었다. '글이란 무엇인가?'라는 근본적인 혼란이 찾아올 때면 일단 원고를 놓아야 한다. 그리고 최소한 오늘은 글을 쓰지 않겠다고 결심한 뒤 눈을 감고 쉰다. 뒤죽박죽이 된 문장의 창고에서 뭔가를 끄집어내려 억지로 애쓰지 않고, 마치 세상에 언어라는 것이 존재하지 않는 것처럼 마음을 비운다. 걸리는 시간은 때에 따라 다르지만, 고요 속에 머물다 보면 어느새 머릿속에서 자기들끼리 싸우고, 숨고, 도망 다니던 문장들이 하나둘씩 제자리로 돌아온다.

그런 뒤에는 노트북 앞에 앉아 겨우 돌아온 문장들을 어르고 달래가며 조금씩 글로 연결해나간다. 의미 포화를 해결하는 방법은 조금 알 것 같은데, 글을 술술 잘 쓰는 방법은 아직 전혀 모르겠다.

나다니엘 호손
《주홍 글자》

그녀는 자유를 느낄 때까지
그 무게를 몰랐다.

She had not known the weight
until she felt the freedom.

는 눈물이 많았다. 보통은 기쁠 때 웃고 슬플 때 운다는 식으로 희로애락을 표출하지만, 내 모든 감정은 대개 눈물로 귀결된다. 기쁠 때는 눈가가 시큰하니 젖어오고, 화가 날 때는 말보다 먼저 눈물이 터져 나왔다. 〈이프 온리〉나 〈인생은 아름다워〉 같은 영화의 특정 장면은 몇 번을 다시 봐도 매번 수도꼭지 조절이 안 된다.

그런데 신은 내게 수문이 고장 난 눈물샘과 함께 '잘 붓는 체질'이라는 최악의 조합을 하사하셨다. 그렇지 않아도 북방계의 상징인 두툼한 눈두덩이를 타고났는데, 여기에 짭짤한 눈물이 한 방울이라도 스치면 그야말로 인상이 바뀔 정도로 부어오른다. 〈이프 온리〉 때문에 휴지 한 통을 다 써가며 오열했을 때는 사흘 동안 아예 눈도 못 떴다.

멜로드라마에서 허구한 날 눈물을 쏟아내는 배우들이 멀쩡히 촬영을 진행하는 걸 보면 모두가 이런 것은 아닐진대, 체질이 이렇다 보니 내 직업적 자기관리에는 '눈물 컨트롤'이라는 웃긴 항목이 포함되었다. 인터뷰나 강연을 진행하기 전날에는 슬픈 콘텐츠를 일절 금하고 어떤 방향으로든 감정이 너무 격해지지 않도록 마음을 다스린다. 눈이 부어도 안경을 쓰고 출근해버리면 그만이었던 회사원 때는 상상도 못 했다. 내가 언젠가 많은 독자들과 대면하는 프리랜서가 되고, 그 미래의 내게 마음껏 눈물 흘릴 자유가 없으리라는 것을.

처음에는 이 낯선 고충이 당혹스러웠지만, 이제는 나름대로 주어진 조건 안에서 즐기는 법을 찾아냈다. 당분간 사람 만날 스케줄이 없다 싶으면 아예 날을 잡고 눈물 댐을 방류하는 것이다. 맥주와 과자와 티슈 한 통을 준비하고, 슬프다고 소문난 영화와 소설, 만화책을 작정하고 정주행한다. 며칠 전에는 애니메이션 〈코코〉를 봤는데 대사 한 줄 노래 한 곡에 깨알같이 눈물이 터졌다. 덕분에 사흘간 탱탱 부은 코끼리 모드로 지냈지만, 영화의 여운은 그만큼 진하게 남았다.

브라이언 그린
《엘러건트 유니버스》

우리는 모두 어떤 형태로든
우리를 둘러싼 세상을 이해하려고
노력하고 있다.

We all, in one form or another,
are trying to make sense of
the world around us.

어쩌다 보니 광고부터 패션, 법률, 출판계까지 서로 연관성도 없는 온갖 분야에 발을 담그며 살아왔다. 그 과정에서 각 업계의 성격도 조금씩 알게 되었는데, 그중에서도 지금 몸담고 있는 출판계의 특징이라면 다른 바닥에 비해 유난히 퇴사와 이직이 잦다는 것이다. 얼마 전 계약 때문에 만난 편집자 분이 차장 직급을 달도록 한 회사에서 근속 중이라는 얘기에 깜짝 놀랐을 정도로, 출판인의 상당수는 구름처럼 바람처럼 가볍게 몸을 옮겨 다닌다.

가만히 살펴보면 충분히 그럴 만한 환경이다. 출판 쪽에서 일하는 사람들은 대개 편집이든 기획이든 디자인이든 자기 분야에 전문 기술을 갖고 있기 때문에 상대적으로 독립하기가 수월하다. 다른 회사로 이직하는 경우도 있지만 아예 프리랜서 기획자나 편집자로 나서는 경우도 있다. 대형 출판사에 입사했다가 독립해서 한동안 프리랜서로 일하고, 다시 다른 조직의 품으로 돌아가는 사람도 여럿 보았다. 꼭 출판사가 아니라 책이나 콘텐츠와 관련된 비슷한 업계로 옮겨가는 길도 비교적 활짝 열려 있다.

나와 함께 일했던 출판 관계자 중에도 지금까지 그 자리에 남아 있는 사람은 많지 않다. 첫 번째 책 편집자 분은 이직했고, 두 번째 편집자 분은 독립했다. 세 번째 편집자 분은 남아 있지만 아직 나오지도 않은 다섯 번째 책(예정) 편집자 분은 나랑 계약만 하고 퇴사했다. 오디오북 담당자 두 명, 전자책 담당자 한 명, 북클럽 담당자 한 명, 마케팅 담당자 두 명도 원래 회사를 떠나 휴식을 취하거나 다른 곳에 보금자리를 잡았다.

노파심에 얘기하지만 나는 절대 그분들의 퇴사에 원인을 제공하지 않았다(이 주장을 하고 싶어서 출판계의 퇴사 및 이직 트렌드를 구구

절절 늘어놓은 게 맞다). 애초에 내 밥줄을 쥐고 계신 갑님들인데 내가 퇴사를 시킨다는 것도 말이 안 되지만, 그것과 별개로 함께 책을 만들면서 알게 된 분들은 대부분 나와 취향과 성격이 비슷해서 트러블이 생길 일도 거의 없었다. 하지만 이런 사실을 잘 알면서도, 같이 일하던 사람들이 자꾸 떠나간다는 것은 그 자체로 아쉽고 서글픈 일이었다. 한번은 일주일 사이에 서로 다른 작업을 함께했던 담당자 세 명에게서 퇴사 인사를 받은 적도 있다. 그러면 나도 모르게 '내가 뭐 잘못했나?' 라는 생각을 하게 된다.

아마도 그다음 주쯤이었을 것이다. 친한 친구를 만나서 농담 반 진담 반으로 이런 말을 건넸다. "나한테 무슨 마라도 꼈나 봐. 나랑 일한 사람들은 다 회사를 그만둔다?" 털털한 녀석의 성격상, 당연히 '야, 네가 잘 좀 했어야지' 따위의 장난 섞인 펀치가 들어올 줄 알았다. 그런데 공격에 대비해 방어태세를 갖추고 있던 내 귀에 생각지도 못한 따사로운 멘트가 훅 꽂혔다. "뭐래. 마가 낀 게 아니라, 다들 너랑 일하고 잘돼서 더 좋은 곳으로 간 거겠지."

몇 초간 멍했다. 아, 그렇게 생각할 수도 있는 거구나. 똑같은 일을 그렇게 완전히 다른 각도로 바라볼 수도 있는 거구나.

나는 잠시나마 동료이고 동지였던 사람들의 퇴사를 오롯이 '떠남'의 관점에서 해석했었다. 그들이 나를 떠나는 것이고, 그래서 우리가 헤어지는 거라고. 그랬기에 그들의 뒷모습을 바라보는 내 마음에는 아쉬움이라는 부정적 감정이 앙금처럼 남았고, 비록 스쳐가는 생각일지라도 내가 뭘 잘못한 건 아닌지, 잡을 방법은 없었는지 고민했던 것이다.

하지만 친구는 회사를 나간 후에도 쭉 이어질 그들의 미래에 집중했고, 그 선택을 '이동'과 '발전'이라는 긍정적 프레임 안에서 이해했다. 그러면 슬플 것도 아쉬울 것도 없다. 하나같이 훌륭한 전문성을 지닌 그 프로 출판인들이 더 나은 환경에서 꿈을 펼칠 수 있길, 그래서 언젠가 다시 만나 더 좋은 책을 만들 수 있길 바라면 되는 거니까.

문득 몇 달 전에 받았던 메일이 떠올랐다. 나와 함께 일했던 회사를 떠나 다른 곳으로 옮기게 되었다는 한 담당자의 인사였다. "저 이직 면접에서 작가님이랑 작업했다는 얘기도 했어요! 그 덕분에 합격했나 봐요. 감사합니다." 그때는 그 말이 그저 아쉬움을 희석하기 위한 배려라고만 생각했다. 하지만 만약 현실을 내 친구처럼 이해할 수 있었더라면, 그 순간 순수한 기쁨과 뿌듯함을 느꼈겠지.

인생과 인연을 통제할 수는 없겠지만, 세상을 바라보는 렌즈는 조금 더 밝고 화사한 것으로 바꿔봐야겠다. 그리고 나와 함께한 분들을 더 좋은 곳으로 이직시켜주기 위해서라도 더 열심히 일해야겠다.

호르헤 루이스 보르헤스
《알레프》

아무리 길고 복잡한 운명이라 해도
모든 삶은 사실
단 하나의 순간으로 이루어진다.

최근 번역 작업을 하며, 조금 특이한 부분에서 애를 먹고 있다. 작품 내용상 로마숫자가 자주 등장하는데 이게 너무나 헷갈리는 거다. 시계에 종종 쓰여 있는 I(1)부터 XII(12)까지는 나도 어렵지 않게 읽을 수 있다. 하지만 XXXVII(37), XLIV(44)쯤 되면 눈앞이 뱅뱅 돌면서 멀미가 난다. '아니, 고대 로마 놈들은 무슨 숫자를 이따위로 만들었어?' 툴툴대면서 작업하는데, 갑자기 너무나 당연하면서 충격적인 깨달음이 찾아왔다. 로마인들이 커질수록 복잡해지는 이상한 숫자를 만든 이유는, 아마도 애초에 그들은 아주 큰 숫자를 쓸 필요가 없었기 때문이리라.

그들이 살면서 100이나 천 단위가 넘어가는 숫자를 떠올려야 할 경우는 거의 없었을 것이다. 나이가 50이면 믿기지 않는 장수이고, 소를 100마리 가졌으면 도시에서 제일가는 부자였을 테니까. 하지만 요즘은 쉰에 죽으면 요절이요, 서민이 사는 집값도 몇 억은 우습게 넘어간다.

가끔씩 나를 둘러싼 길고 복잡한 숫자들이 비현실적으로 느껴진다. 몇 억이니, 몇 조니 하는 돈이 얼마나 큰지도 잘 모르겠고, 평균수명을 올리다 못해 어느덧 '영생'을 거론하는 인간의 욕심이 때로는 징그럽다.

그런 시기에 숫자를 통해 마주한, 고대인들의 심플한 세계관은 신선한 충격이었다. 아니, 꼭 고대까지 거슬러 갈 것도 없다. 20세기를 살았던 문학계의 이단아, 호르헤 루이스 보르헤스는 인간의 삶이 단 하나의 순간으로 이루어진다고 못 박았으니까. 그는 인간이 자신이 누구인지 영원히 알게 되는 순간이 우리 삶을 이루는 전부라고 말했다.

그에게 삶이란 0 아니면 1일 뿐이다. 100억을 모았든, 200년을 살았든, 자신이 누군지 모른다면 그 사람의 인생은 0이다. 하지만 잔고가 빈약하고 나이가 모자라도 자아를 깨달은 사람의 삶은 꽉 채워진 1이다.

나는 아직 0이다. 하지만 언젠가는 1의 삶에 닿고 싶다. 꽉 채워진 1을 살다가 죽는 것이 지금 내 인생의 목표이다.

73

지금과 똑같은 삶,
얼마든지 다시 살리라.

프리드리히 니체
《차라투스트라는 이렇게 말했다》

엄마는 선생님이다. 외조부모님이 일찍 돌아가신 탓에 큰삼촌의 뒷바라지를 받으며 중고등학교를 마친 엄마는 대학에 진학하면서 졸업과 동시에 취업이 약속되는 사범대를 택했다(당시에는 교사 수요가 많이 부족해서 사범대를 나오기만 하면 임용이 보장됐다고 한다).

선택은 기대를 저버리지 않았다. 엄마가 일찍 직장생활을 시작한 덕에 동갑내기 캠퍼스 커플이었던 부모님은 젊은 나이에 결혼해서 신혼살림을 꾸릴 수 있었다. 내가 태어난 1980년대만 해도 맞벌이보다 외벌이가 일반적인 추세였지만, 활달한 성격인 엄마는 나와 동생을 낳고도 직장생활을 계속하길 원했다. 난관이 아주 없었던 것은 아니지만 결론적으로 그 꿈을 지킬 수 있었던 것은 퇴근이 빠르고 방학이 존재하는 교사의 직업적 혜택 덕분이었다.

엄마는 직업을 사랑했다. 동료 선생님들과의 관계도 원만했고, 학생들과도 무난하게 잘 지냈다. 때로는 직장 내 알력이나 속을 썩이는 일부 아이들 때문에 힘들어하기도 했지만, 그것이 사직을 고민할 정도의 문제가 되진 못했다. 가끔씩 열심히 가르친 학생의 성적이 많이 올랐다거나 성인이 된 제자가 찾아와서 인사를 전했다는 이야기를 조곤조곤 풀어놓는 엄마의 얼굴은 일에 대한 애정으로 가득했다. 그것은 영락없이 천직을 만난 사람의 표정이었고, 나는 그 모습이 참 좋았다.

하지만 내가 그토록 좋아하던 엄마의 직업적 자부심은 정확히 같은 지점에서 나를 옭아매는 족쇄가 되었다. 교사가 천직인 여성의 딸로 태어난 나는 교사가 될 여학생으로 자랐다. 세상에 여자가 갖기에 이보다 더 좋은 직업은 없다는 엄마의 신념은 굳건했고, 적당히 성실한 데다 성적도 나쁘지 않은 큰딸의 학교생활은 부모님의 기대에 쐐기를 박았다. 내게 주어진 선택지는 기껏해야 가르칠 과목이나 제자가 될 아이들의 연령대 정도였다. 수학 선생님과 영어 선생님, 중학교 선생님과 초등학교 선생님 같은 미묘한 변주 사이에서, 내 미래는 거의 선천적이라고 해도 좋을 만큼 확고하게 결정되어 있었다.

문제는 딱 하나, 내게 선생님이 될 마음이 없다는 사실이었다. 꽃이 좋다고 해서 꽃이 되고 싶은 것이 아니듯, 나는 엄마의 직업을 좋아하면서도 직접 교단에 서고 싶지는 않았다. 혼자서 책을 읽고 공상하는 것이 취미인 내게 수십, 수백 명의 학생들을 눈앞에서 가르친다는 것은 생각만 해도 식은땀 나는 일이었다. 내 말과 행동이 아이들의 미래에 영향을 미치리라는 것도 무서웠고, 수십 년간 계절마다 똑같은 수업을 반복하며 지낼 자신도 없었다. 엄마에겐 별것 아닌 단점이거나 기쁨의 원천이기까지 했던 많은 요소가 내겐 극복할 수 없는 장애물로 다가왔다. 방학이나 연금 같은 당근도 그 채찍의 두려움을 상쇄할 수는 없었다.

달리 간절히 원하던 꿈이 있었던 건 아니지만, 어쨌든 내게 교사로서 누군가를 가르칠 깜냥이 없다는 사실만큼은 분명했다. 나는 사범대에 가지 않겠다고 선언했고, 그 결정은 줄곧 내 미래를 확신해온 부모님을 깊은 혼란에 빠뜨렸다. 엄마는 간절함이 담긴 표정으로 말했다. "메리야, 엄마는 100번 다시 태어나도 교사가 될 거야. 해본 사람이 하는 말이야. 제발 다시 한번만 생각해봐." 하지만 나는 엄마와 달랐고, 스승으로서도 직업인으로서도 그만큼 좋은 교사가 될 수 없으리라는 것을 알고 있었다. 눈물바람과 단식투쟁을 동반한 길고 긴 설득 끝에, 나는 마침내 영어교육과 대신 영문학과에 입학해도 좋다는 허락을 받아냈다. 그나마 영문과에 가면 교직이수라도 할 수 있으리라 판단한 부모님의 조건부 타협이었지만, 나는 교직이수 대신 신문방송학과 복수전공을 택했고 끝내 교사 자격증 없이 대학을 졸업했다.

그 뒤로 오랜 시간이 흘렀고, 나는 먼 길을 돌아 당시로서는 상상도 할 수 없었던 여러 가지 일을 하며 지내게 되었다. 그사이 몇 번의 입사와 퇴사를 반복하고, 불안한 백수 시절을 겪기도 하고, 결과적으로 연금도 방학도 (심지어 안정적인 월급도) 없는 삶을 살고 있지만, 그래도 교사의 꿈을 좇지 않았던 선택을 후회한 적은 없다.

하지만 엄마가 나를 설득하면서 수십 번 반복했던 그 말, 자신은 100번 다시 태어나도 같은 직업을 택하리라는 그 말은 이따금씩 불현듯 떠올라 지금 내가 있는 곳을 돌아보게 만든다. 내가 하는 일은, 그 많은 반대를 꺾고 고집을 부려가며 악착같이 움켜쥔 이 일들은 과연 100번 죽었다 환생해도 다시 선택할 만큼 가치 있는 일일까?

솔직히 '직업' 하나로만 따지면 잘 모르겠다. 나는 글쓰기부터 번역까지 온갖 일을 하는 생계형 프리랜서고, 그 각각의 일들에 대한 애정은 상황이나 조건에 따라 수시로 변한다. 툭 까놓고 말해서, 내가 100번씩 환생하는 동안 AI에게 뺏기지 않고 살아남을 일이 그중에 몇 개나 있을지도 모르겠다.

하지만 작가니 번역가니 하는 특정한 직업이 아니라 다양한 경험을 하며 뭔가를 만들어내는 지금의 삶 자체를 기준으로 삼는다면, 최소한 한두 번 다시 태어나는 동안에는 지금처럼 살아도 괜찮을 것 같다는 생각을 요즘 종종 한다.

 editor's letter

내용 전개에 꼭 필요한 문장도 아니고
그렇다고 힘을 빡 준 주제문도 아닌데,
책을 읽다 보면 희한하게 마음을 건드리는 문장을 만날 때가 있습니다.
때로 그 말이 일상을 무너지지 않게 지탱해주기도 하고요.
그게 뭐든 든든한 한마디쯤 가슴속에 품고 살고 싶습니다.
그리하여 언제고 나다울 수 있도록.